Peter Braukmann Liebesgrüße aus Meißen

Peter Braukmann, geboren 1953, war von 1983 bis 1989 Produzent von Kabarett- Schallplatten und Radiosendungen, etwa mit Else Stratmann (Elke Heidenreich), Gerd Dudenhöffer, Ernst Stankovski und vielen anderen. Es folgte von 1991 bis 2004 redaktionelle Arbeit beispielsweise für Monty Python, Samstag Nacht, Die Wochenshow oder Hausmeister Krause, ausgezeichnet mit dem deutschen Comedy Preis. Seit 2005 lebt Peter Braukmann als freier Autor und Kulturmanager in Meißen.
Liebesgrüße aus Meißen ist sein erster Roman.

Peter Braukmann

Liebesgrüße aus Meißen

Ein Sachsen-Krimi

Bild und Heimat

ISBN 978-3-95958-019-9

2. Auflage 2016
© 2015 by BEBUG mbH / Bild und Heimat, Berlin
Umschlaggestaltung: fuxbux, Berlin
Umschlagabbildung: © shutterstock.com
Druck und Bindung: GGP Media GmbH, Pößneck

Ein Verlagsverzeichnis schicken wir Ihnen gern:
BEBUG mbH / Verlag Bild und Heimat
Alexanderstr. 1
10178 Berlin
Tel. 030 / 206 109 – 0

www.bild-und-heimat.de

Prolog

Es war einer dieser wunderbar warmen Oktobertage. Die Sonne schien mit kräftigen fünfundzwanzig Grad auf das liebliche Meißen, die Blätter an den Bäumen wechselten kräftig ihre Farben in leuchtendem Gelb und Rot, die Mädchen trugen wieder kurze Röcke und hautenge T-Shirts. Es hätte demnach alles perfekt sein können. War es für mich aber nicht. Ich saß in meinem Büro hinter meinem Schreibtisch und wartete darauf, dass irgendetwas geschehen würde, das mich in meinem Fall einen Schritt weiter brächte. Ich trat einfach auf der Stelle. Und das seit Wochen. Ich hatte meine Nase in alle denkbaren Wespennester gesteckt, einen Haufen Fragen gestellt, rumgeschnüffelt und dennoch, ich steckte fest. Bis gestern hatte es noch kräftig geregnet. Ein Wetter, das wesentlich besser zu meiner Stimmung passte als der Sonnenschein.

Das Telefon klingelte. Ich ließ es dreimal läuten, dann nahm ich den Hörer ab und meldete mich mit Schröter, private Investigation. Am anderen Ende der Leitung meldete sich eine männliche Person, die zu meinen Hauptverdächtigen zählte. Sollte aus diesem Tag doch noch mein Glückstag werden?

Der Mann wollte mich sprechen, wenn möglich sofort. Er schlug als Treffpunkt die Kleingartenanlage am Buschbad vor, in einer halben Stunde, an der Brücke über die Triebisch. Ich sagte zu und legte auf. In einer halben Stunde konnte ich bequem von meinem Büro zur Brücke laufen. Ich schnappte meine Cordjacke, prüfte schnell die Ladung meiner Smith & Wesson 38, verstaute sie im Schulterholster und marschierte los. Vorbei an den öden Fabrikhallen rechts und links der Pestalozzistraße. Dem Buschbad, das zu einem modernen Wellness Center umgebaut worden war, der Villa rechterhand, die von den Russen verwohnt worden war, und die heute keiner kaufen wollte, so dass sie immer mehr verfiel.

Unter der Eisenbahnbrücke durch und weiter bis zur Abzweigung in Richtung Kleingartenanlage.

Auf der Triebischbrücke blieb ich stehen. Ich schaute auf meine Uhr. In fünf Minuten wäre es dann so weit. Die Triebisch führte reichlich viel Wasser, dem heftigen Regen geschuldet. In besonders regenreichen Perioden konnte das Flüsschen zu einem mächtigen Strom anschwellen, der, wenn er in der Altstadt auf die Elbe stieß, prima zurückstaute und dabei behilflich war, die Altstadt Meißens in ein Klein-Venedig zu verwandeln.

Ich hörte den Schuss nicht. Ich spürte den Einschlag in meiner linken Schulter, wurde nach vorn gestoßen, schlug hart auf dem Brückengeländer auf, verlor das Gleichgewicht und kippte vornüber in das Wasser. Eine eiskalte Welle strömte durch meinen Körper, meine linke Körperhälfte spürte ich nicht mehr, als ich wieder an die Wasseroberfläche kam. Um mich herum färbte sich alles rot. Ich trieb mit dem Kopf nach oben und schaute in die untergehende Sonne.

Dann wurde diese von einem Schatten verdeckt. Ich versuchte, zu erkennen, was dafür der Grund war. Und blickte doch nur in die Mündung einer Waffe, die auf mein Gesicht zielte.

»Tschüss, Schnüffler«, zischte eine Stimme. Ich sah den Mündungsblitz, dann fiel ich in ein großes, schwarzes Loch.

I

Ich zuckte in meinem Bürosessel zusammen. Schweißgebadet wachte ich auf. Was für ein absolut beschissener Albtraum, der mich in schöner Regelmäßigkeit heimsuchte. Ich griff nach der Whiskyflasche in meiner unteren Schreibtischschublade und genehmigte mir einen tiefen Zug. Noch einen, dann stellte ich die Flasche zurück und schaute in den grauen Himmel, der sich vor meinem Fenster ausbreitete. Es regnete. Nicht heftig, aber stetig. Wenn ich mich ein wenig nach vorn gebeugt hätte, hätte ich durch das Fenster auf ein schmuckloses Industriegebäude auf der gegenüberliegenden Straßenseite blicken können. Eine prominente Aussicht aus dem prominenten Gebäude in dem ich mein nicht minder prominentes Büro hatte. Zugegeben, der Ortsteil Triebischtal ist nicht eben die erste Adresse in Meißen. Dennoch, in dem Gebäude befanden sich außer meinem Büro noch das Büro des Meißen Fernsehens und eine Institution, die im Auftrag der Arbeitsagentur Menschen auf ihre Hartz-IV-Tauglichkeit durchcheckte. Also irgendwie der absolut richtige Ort für ein Detektivbüro. An der Tür zu meinem Büro hatte ich ein Schild mit der Aufschrift Private Investigation angebracht. Darunter mein Name: Steffen Schroeder.

Ich war der Ansicht, dass Private Investigation wesentlich cooler klang als Privatdetektiv oder gar Privatermittler.

Steffen war in meinem Geburtsjahr ein absolut populärer Vorname gewesen. Wenn wir damals in der Schule auf dem Schulhof in Reih und Glied standen und irgendwer verlangte, dass Steffen vortreten sollte, so taten das gleich zwei ganze Fußballmannschaften. Und wenn ich heute in meine Stammkneipe komme und nach Steffen frage, meldet sich wieder jeder Zweite. Ich war also immer in großer Gesellschaft.

Sie werden es nicht glauben, ich bin ein waschechter Meißner.

Um ehrlich zu sein, ein Heimkehrer. 1966 hatte ich in dieser schönen Stadt das Licht der Welt erblickt. Meine Mutter hieß Gabi und arbeitete als Sekretärin, mein Vater war Elektriker. Die Schule machte mir Spaß, ich schaffte sogar das Abitur. Aber mit meinem Berufswunsch wurde es nichts.

Da ich ein durchaus sportlicher Typ war, verbrachte ich viel Zeit damit, durch die Meißner Wälder zu joggen. Der Siebeneichener Wald, der Stadtwald, oh, wie ich sie liebte. So wuchs in mir der Wunsch, nach dem Abitur Förster zu werden. Was natürlich in meinem Fall ein Wunschtraum war. In der DDR waren im Wald nicht die Räuber, in der DDR war im Wald die NVA, die Armee, mit all ihren lustigen Waffensystemen, von denen niemand außerhalb des Waldes etwas wissen sollte. Also musstest du als Förster vor allem ein strammer Parteigänger sein, ideologiefest bis zur letzten Buche. Grüne Förster hatten eine schwarze Seele und ein rotes Bewusstsein. Das traf nun auf mich in keiner Weise zu. Also war es mit diesem Berufsziel schon mal Essig. Ich fing dann mit einer Ausbildung zum Maschinenbauer an, was mich wenig begeisterte. Aber es vertrieb die Zeit und ich verdiente Geld.

Ich mochte auch Musik, brachte mir selber das Gitarrespielen bei, was bei den unterschiedlichsten Anlässen vor allem bei den Mädchen gut ankam. Überhaupt hatte ich nicht groß was auszustehen in der DDR. Ich eckte nicht mit dem System an, also ließ mich das System in Ruhe. Urlaub machte ich mal an der Ostsee, mal in Ungarn, die Frauen waren mir gewogen. Nur die Sache mit dem Förster war ärgerlich.

Dann fiel die Mauer. Ich packte meinen Rucksack, verabschiedete mich von meinen Eltern und begab mich auf eine lange Reise durch Europa. Ich trampte, was damals noch chic war. So tingelte ich zwei Jahre durch Frankreich, Spanien und Portugal. Ich lernte jede Menge interessante Menschen kennen, erweiterte meinen Sprachschatz und das sogenannte Allgemeinwissen. Straßenmusik und Aushilfstätigkeiten als Kellner, Bote, Tellerwäscher, Hafenarbeiter und vieles mehr hielten mich über Wasser. Dann war Schluss. Ich feierte meinen vierundzwanzigsten Geburtstag in Lissabon. Als ich am Morgen danach mit einer dicken Rübe in einem fremden Bett aufwachte, kam mir der Gedanke, dass es an der Zeit wäre, einen richtigen Beruf zu erlernen. Ich verkaufte meine Gitarre, setzte mich in den Zug und fuhr nach Frankfurt am Main.

Da ich in den Jahren von meinem Förstertraum abgekommen war, entschied ich mich, warum auch immer, Polizist zu werden. Kriminalbeamter im besten Fall. Ich bewarb mich bei der Polizeischule in Wiesbaden, wo ich überraschend sofort angenommen wurde.

Nach Abschluss der Ausbildung landete ich wieder in Frankfurt am Main. Spezialeinheit Internationale Kriminalität, Schwerpunkt Drogen. Ich kann nicht gerade behaupten, dass mich das alles besonders anmachte. Jede Menge Bürokratenärsche und dann diese deutsche Ordnung – zwanghaft. Ich habe das ein paar Jahre mitgemacht, war zweiunddreißig Jahre alt, als meine Geduld zur Neige ging und ich den ganzen Bullenscheiß hinwarf. Als Dankeschön für mein jahrelanges erfolgreiches Polizistendasein bekam ich eine Lizenz für das private Schnüffeln und einen gültigen Waffenschein. 1998 war das, mitten im Goldrausch der gesamtdeutschen Erfolgsgeschichte. Ich hatte dann noch sieben mehr oder weniger erfolgreiche Jahre in Hessen. Eine unglückliche Liebe mit eingeschlossen. Als die in die Brüche ging, wollte ich einfach nur weg. Doch wohin? Meine Entscheidung fiel auf die alte Heimat. Nach Meißen, dieser kleinbürgerlichen Idylle vor den Toren Dresdens. Ich muss schon sagen, dass das in Meißen vorhandene Nichts für mich nach den Jahren im Westen unheimlich erholsam war. Da wohnen, wo andere Urlaub machen. Ich wollte es ja nicht fassen, aber in Meißen hatte keine Kneipe nach zwanzig Uhr mehr geöffnet, kein richtiges Theaterprogramm trotz eines schicken Theaters, keine Musik in den Gassen, keine Kleinkunst, rein gar nichts. Eine romantische Geisterstadt am Abend, eine öde Einkaufswüste tagsüber. Also das ideale Ziel für jedes verliebte Paar, das nur irgendwohin fährt, um den ganzen Tag vögelnd im Bett zu liegen.

Dennoch, ich verkaufte meine Eigentumswohnung in Frankfurt samt allem, was darin war, setzte mich in meinen schwarzen Mercedes SLS Cabrio und düste in den Osten.

Der Büroraum in der oben beschriebenen prominenten Geschäftslage war schnell gefunden. Ebenso eine ruhige Stadtwohnung in der Burgstraße. Jener Straße, die vom historischen Marktplatz hinauf zur Burg führte, mitten im Herzen der Altstadt lag und abends eben total ruhig war. Man musste nur darauf achten, dass man sich nicht die Ellbogen an den hochgeklappten Bürgersteigen stieß. Da war schon ausreichend Verletzungsgefahr vorhanden. Aber sonst – ideal. Hinzu kam, dass man in der engen Gasse mit dem Auto bis vor die Tür fahren und dort sogar parken durfte. Himmlisch.

Mein Berufstempo änderte sich auch zum Besseren. Ein Privatdetektiv verbringt sehr viel Zeit damit, fremde Männer oder Frauen dabei zu beobachten, wie sie sich mit anderen fremden Männern oder Frauen heimlich treffen, um in Hotelzimmern nach der Befriedigung zu suchen, die es zu Hause nicht mehr gibt. Das ist – zugegeben – ein langweiliges und schmutziges Geschäft, aber es ernährt seinen Mann. Um nicht ganz aus der Übung zu kommen, besuchte ich wöchentlich dreimal das Fitnesscenter im Kaufland, hielt meinen Körper durch intensives Training an den Kraftmaschinen in Schwung und joggte wieder durch den Stadtpark.

Zum Schießtraining traf ich mich mit Andrea regelmäßig in einer alten Russenkaserne, zu der er Zugang hatte. Wie er das machte, woher er den Schlüssel hatte, fragte ich besser nicht. Andrea mochte seine Geheimnisse, und er mochte es gar nicht, wenn man ihn dazu befragte. Andrea war ein alter Bekannter aus ereignisreicheren Tagen in Frankfurt. Er stand zwar auf der anderen Seite des Gesetzes, aber wir hatten durchaus Deckungsgleichheiten. Er war ein gradliniger Typ, ich ebenso. Er hatte einen praktischen Sinn für Gerechtigkeit, ich auch. Er war Deutsch-Italiener, ich halb Ost, halb West. Außerdem war er der beste Schütze, der mir bislang über den Weg gelaufen war. Andrea war Mafia, ich war Ex-Bulle, mehr Übereinstimmung ging nun wirklich nicht. Wir kannten uns seit zwanzig Jahren, und er war der coolste Gangster, mit dem ich jemals befreundet war.

Andrea ist ein wirklich hübscher italienischer Männername. Er bedeutet so viel wie ›Der Tapfere‹ oder ›Der Unerschrockene‹. Beides traf auf Andrea absolut zu.

Ich saß also da in meinem Bürosessel, schaute in den tristen Himmel, der sich über dem hässlichen und schwach frequentierten Gebäude gegenüber breitgemacht hatte, und versuchte, den Ausführungen meiner Besucherin zu folgen. Es war mit absoluter Sicherheit reichlich unhöflich, meiner Besucherin nur meinen Rücken zu zeigen. Andererseits hatte ich kein besonderes Verlangen, der Dame unentwegt in ihr buntgeschminktes Gesicht zu starren. Da ich bemerkte, dass die Wortflut hinter mir versiegt war, nahm ich die Füße vom Fensterbrett und drehte mich mitsamt meinem Sessel zu ihr um. Na prima, da saß sie also auf einem meiner zwei Besucherstühle. Es handelte sich dabei um eine stattliche Frau um die Mitte Fünfzig. Ihr Haar war von einem der örtlichen Friseure kunstvoll aufgedonnert, ausgestattet mit einer dezent lila Haarsträhne, die sich von vorn links bis vorn rechts um ihr Haupt schlängelte und den Rest des üppigen, dunkelbraunen Haares zur Bedeutungslosigkeit degradierte. Ihr großes, rundes Gesicht war mit zu viel Creme-Make-up zugekleistert, die Lider hatten einen Hauch zu viel Hellblau abbekommen. Die Wimpern waren einmal schwarz getuscht gewesen, doch die Farbe war mit ihren Tränen dahingeflossen. Sie hatte viel geweint. Verständlich bei so viel Leid, wie sie zu ertragen hatte. Unter der langen Nase sah ich einen tiefrot geschminkten Mund. Hinter den Lippen vermutete ich ein makelloses Zahnwerk, künstlich und teuer. Ich sollte recht bekommen. Sie trug ein zweiteiliges Kostüm aus reiner Baumwolle in den Topfarben der Saison. Der Rock war, gelobt sei der Schneider, lang genug, um ihre Knie zu verbergen. Sie trug wenigstens drei Ringe zu viel, und die Klunker um ihren Hals signalisierten außer der Botschaft, viel gekostet zu haben, sehr, sehr wenig Geschmack. Am Schrecklichsten aber war das Hündchen, das sich auf ihrem Schoß befand und mich bösartig anstarrte. Ich mochte Hunde, wenn es sich um solche handelte: Also, wenn sie bei einer Schulterhöhe von siebzig Zentimeter anfingen und Schäferhund, Boxer, Dogge, Briard oder ähnlich hießen. Alles, was sich darunter bewegte, war mir schlicht nur ein Grauen wert. Dackel, uhhh, Hofratten in meinen Augen. Aber das hier, was mir da gegenübersaß, war die Krönung der Hässlichkeit. Ein Chihuahua in creme, eingekleidet in ein pinkfarbenes Hundeausgehkostüm, der jetzt anfing zu knurren und ganz offenbar Anstalten machte, auf meinen Schreibtisch zu springen. Zum Glück beruhigte ihn sein Frauchen augenblicklich, indem sie ihm ein Leckerli in den Hals steckte.

»Sie sehen ja, wie völlig aufgelöst meine kleine Lulu ist«, sagte die Dame mir gegenüber und streichelte das Köpfchen mit ihrer großen Hand. Mit der anderen zauberte sie ein Taschentuch aus ihrer Kostümtasche. Wischte sich die Tränen vom Make-up und schnupfte anschließend hinein.

»Helfen Sie mir, ich bitte Sie«, klang es flehentlich.

Eigentlich hatte ich keine Lust, ihr auch nur ein ganz klein wenig behilflich zu sein. Aber es war nun mal mein Job. Außerdem war mir der mehr als unzureichende Stand meines Kontos vor Augen. Also beugte ich mich in einer freundschaftlichen Geste nach vorn und sagte:

»Keine Frage, Frau Overstolz, ich helfe Ihnen natürlich. Wir finden den Bruder Ihrer süßen Lulu bestimmt wieder. Wie heißt er noch gleich?«

»Bubu«, stieß sie weinerlich hervor. Wohlgemerkt, das war der Name des vermissten Hundes. Eines weiteren Chihuahua in creme, aber männlich. Wie ich bereits erfahren hatte, trug er zum Zeitpunkt seines Verschwindens ein Hundeausgehkostüm in hellblau. Das hatte schon Stil. Und ich wusste, dass sich das Hündchen vom Acker gemacht hatte, als sein Frauchen gestern am frühen Abend vom Einkaufen nach Hause gekommen war. Sie hatte vergessen, die Wagentür zu schließen. Da war der Schlingel rausgesprungen und bellend auf dem Grundstück des Frauchens verschwunden. Trotz lauter Rufe kam er nicht zurück. Da es schon dunkel wurde und der Ehemann sich auswärts auf einer Tagung aufhielt, hatte Frau Overstolz Angst, in der Dunkelheit durch den großen Garten zu tappen. Als nun das Kerlchen am heutigen Morgen immer noch nicht zurückgekommen war, befürchtete sie Schlimmes und entschied sich, den Rat und die Hilfe eines Profis in Anspruch zu nehmen. Da war sie bei mir genau richtig.

Wir hatten schnell Übereinkunft über mein Honorar erzielt. Ich ließ die vier Fünfziger Vorschuss elegant in meiner Jeanshose verschwinden und erhob mich aus meinem Sessel. Der Köter auf ihrem Schoß stellte sich daraufhin ebenfalls auf seine dürren Beinchen und fing an, elend laut zu kläffen.

»Lassen Sie uns zu sich nach Hause fahren. Ich muss den Garten nach Spuren untersuchen. Bin sicher, ich finde etwas. Dann sollte Ihr Bubu bald wieder mit seiner Lulu vereint sein.«

Ich hoffte, dass ihr mein Geplapper ein wenig Mut gab, zog meine Barbourjacke über, hielt ihr die Tür auf und marschierte hinter ihr her die Treppe hinunter. Auf dem Parkplatz im Innenhof stand ihr Audi Quattro neben meinem Mercedes SLS Cabrio. Ich folgte ihr in Richtung Miltiz, einem Dorf etwa sechzehn Kilometer entfernt. Dort beziehungsweise in anderen auswärtigen Orten lebten jene, die in Meißen hohe Posten innehatten. Je mehr man sich beruflich um das Wohl der Stadt kümmern musste, desto weiter entfernt wohnte man. So war der Grad der Identifikation mit der Stadt schön niedrig, der Blick auf das Eigene hingegen völlig unbelastet von Fremdinteressen. Ich hatte, glaube ich, noch nicht erwähnt, dass der Ehemann von Frau Overstolz Meißens Oberbürgermeister war.

»Genau hier war das, hier hat mein Auto gestern auch gestanden. Ich hatte den Kofferraum geöffnet, wollte die Einkaufstüten herausholen, als Bubu anfing, so komische Geräusche zu machen. Er ist aus dem Auto gesprungen. Dann hat er so gequiekt und geknurrt und gebellt, und ich habe gesagt: ›Aus, Bubu, aus.‹ Aber er hat immer lauter gebellt. ›Aus, Bubu‹, habe ich gesagt, immer wieder.«

Wir hatten unsere Fahrzeuge vor dem schicken Einfamilienhaus geparkt, und Frau Oberbürgermeister schilderte mir vor Ort den Hergang von Bubus Abtauchen. Ich fürchtete schon, dass sie gleich einen heftigen hysterischen Anfall bekommen würde.

»›Aus‹, hab ich geschrien, immer wieder, ›aus, aus, aus‹.«

Eins mit der Schaufel über die Zwölf wäre wirkungsvoller gewesen, dachte ich, sagte aber: »Und dann?«

»Und dann ist er blitzschnell hier durch den Rhododendron gerast und weg war er. Ich habe ihn hinten im Garten noch bellen gehört. Dann war so ein komisches schrilles Geräusch. Und dann war es ganz still. Richtig unheimlich.«

»Und Sie haben nicht nachgesehen?«, fragte ich.

»Im Dunkeln? Sind Sie verrückt. Da hätte ja Gott weiß wer lauern können. Ich habe Lulu geschnappt, und die Einkaufstüten, und dann bin ich ins Haus, habe alle Türen verriegelt und überall Licht angemacht.«

»Okay«, sagte ich. »Ich schlage vor, Sie gehen ins Haus, und ich durchsuche den Garten.«

Sie tat wie ihr geheißen. Als sie verschwunden war, wagte ich einen Blick hinter die großen Rhododendronbüsche, ohne eine Spur ausfindig machen zu können. Dafür lag der Garten vor mir. Eine Rasenfläche von hier bis zum Horizont. Das Gras war ordentlich geschnitten, wie es sich gehört. Ich schätze eine Halmlänge von exakt 1,2 cm. In der Mitte des Rasens befand sich ein Brunnen mit diversen Engeln und Fischen, die kräftig Wasser spien. Ein gepflegter Weg aus Natursteinen umrundete den Rasen. Das ganze Grundstück war von Rhododendron umrahmt, im hinteren Teil befand sich ein Swimmingpool. Den wollte ich jetzt einmal näher inspizieren. Ich marschierte also auf dem Natursteinweg bis hin zum Pool. Und da sah ich auch schon den Schlamassel. Bubu lag am Ende des Weges auf dem Rücken und streckte alle Viere steif in die Höhe. Ich musste kein Arzt sein, um auf den ersten Blick festzustellen, dass er mausetot war. Was mir allerdings sofort auffiel, war der Schaum, der aus seiner Schnauze geflossen war und um seinen Kopf eine Lache bildete. Ich ging zum Auto, holte eine Plastikeinkaufstüte heraus, packte den toten Bubu hinein und ließ Tüte samt Hund im Kofferraum verschwinden. Zum jetzigen Zeitpunkt hielt ich es für besser, Frau Overstolz nichts von meinem Fund zu erzählen. Zum einen wäre der Schmerz doch viel zu groß gewesen. Zum anderen wollte ich den Köter umgehend und ohne Behinderungen, die nur langatmige Erklärungen nach sich gezogen hätten, von hier fort und zu einem befreundeten Tierarzt bringen.

Ich tat so, als wäre meine Suche erfolglos gewesen. Meine Empfehlung, Suchsteckbriefe an die Bäume der Umgebung zu nageln, wurde mit Begeisterung angenommen. Ich versprach, mich um eine Suchanzeige in den diversen Zeitungen zu kümmern. Damit konnte ich Frau Overstolz natürlich nicht total erfreuen, aber wenigstens ließ sie mich am Ende gehen.

Ich atmete ein paar Mal erleichtert ein und aus, als ich in meinem Auto saß. Dann gab ich Gas und fuhr zurück nach Meißen.

Ich hatte Glück und erwischte meinen Freund noch in seiner Tierarztpraxis. Er nahm die Plastiktüte an sich, warf einen Blick hinein und versprach, mir bis zum kommenden Nachmittag das Ergebnis seiner Obduktion mitzuteilen. Erleichtert lenkte ich mein Auto in die Altstadt und begab mich ohne Umwege ins »Loch«, eine herrliche Kneipe mit unschlagbaren Preisen und ordentlichen Öffnungszeiten. Dort goss ich mehrere Biere und kleine Schnäpse in mich hinein, in der Erwartung, dass sie mir helfen würden, alle Bubus und Lulus dieser Welt zu vergessen.

Kurz vor dem Einschlafen erinnerte ich mich an einen Filmausschnitt eines Streifens mit dem Titel *Ein Fisch namens Wanda*. Ein Zementblock stürzte von oben herab auf den Gehweg und begrub unter sich ein Hündchen, einen Yorkshire Terrier mit roter Schleife im Haar. Was für eine herrliche Erinnerung. Ich schlief mit einem zufriedenen Lächeln auf den Lippen ein.

2

Andrea und ich aßen zu Mittag im Restaurant *Amalfi*, das zu dieser Tageszeit immer gut gefüllt war. Es gab in Meißen drei Orte, an denen man ausgezeichnetes Essen bekam. Dieser hier war einer davon. Die Bedienung war freundlich und aufmerksam, die Getränke hatten immer die richtige Temperatur und das Preis-Leistungs-Verhältnis war völlig korrekt. Das merkten ganz offenkundig viele Meißner und bescherten dem Haus und seiner Besitzerin gleichbleibend gute Umsätze. Warum die anderen Restaurantbetreiber dieses recht einfache Prinzip nicht nachahmten, blieb ein Mysterium. Wahrscheinlich lag es an der sächsischen Borniertheit, zu glauben, man habe die Weisheit mit Scheffeln gefressen, und wenn es nicht so läuft, wie wir wollen, dann ist alles andere inklusive des Schicksals und einer Menge höherer Gewalten daran schuld, nur nicht die eigene Fehleinschätzung. Helene, der Besitzerin des *Amalfi*, war es egal, und Andrea und mir sowieso.

Auf unserem Tisch standen eine Flasche Pinot Grigio und eine Flasche Mineralwasser, als Vorspeise hatten wir beide eine hausgemachte Stracciatella gewählt, wobei es sich um eine Rindersuppe mit geschäumtem Ei und nicht um das gleichnamige Eis handelte.

Andrea hob sein Glas, prostete mir zu und nahm einen gehörigen Schluck. Dann schüttelte er zum wiederholten Male den Kopf und sagte noch einmal absolut erschüttert:

»Crystal Meth.«

»Crystal Meth«, bestätigte ich und trank ebenfalls.

»Ist dir so was schon mal untergekommen?«, fragte er.

Jetzt schüttelte ich.

»Nee, eine Überdosis Crystal bei einem Chihuahua habe ich noch nie erlebt.«

In der Tat hatte mich mein Freund, der Tierarzt, an diesem Morgen telefonisch davon in Kenntnis gesetzt, dass der hässliche Köter jede Menge des synthetischen Rauschgiftes in seinem Magen hatte. Und Schokolade. Letzteres verwunderte mich angesichts des Frauchens von Lulu und Bubu nicht. Aber Crystal Meth? Ich glaube nicht, dass Frau Overstolz die Droge zur Hundeerziehung anwandte.

»Wie kommt der Köter an das Zeug?«, fragte Andrea.

»Keine Ahnung.«

»Vielleicht dealt euer Oberbürgermeister ja«, meinte Andrea trocken.

Das sollte garantiert kein Scherz sein. Andrea scherzte selten.

»Möglich wär's ja. Wär jedenfalls interessant, sich darum zu kümmern.«

Andrea hatte die Flasche Wein geleert und deutete mit einer Handbewegung gegenüber der Bedienung an, dass wir gern noch eine weitere hätten.

»Haben wir Zeit?«, fragte ich Andrea.

Der zog kaum merklich das linke Augenlid in die Höhe.

»Wir?«

»Na ja. Wir beide. Das wär doch mal eine Abwechslung für dich? Also, einen Politiker zu beschatten, ohne ihn gleich zu erschießen.«

»Meist folgt auf das eine das andere«, erwiderte er trocken.

Der neue Wein wurde gebracht und für gut befunden, die Suppenteller wurden entfernt und die Hauptspeise, Saltimbocca mit frischen Bohnen und gebackenen Kartoffeln, serviert. Die hauchdünnen Kalbsschnitzel waren sorgfältig gewürzt und bedeckt mit je einem Blatt frischem Salbei, ein Gedicht für jeden Feinschmecker. Saltimbocca heißt ja übersetzt ›Spring in den Mund‹, also ließen wir springen und genossen schweigend.

Als wir das Mahl beendet hatten, die Teller abgeräumt waren und vor uns jeweils ein doppelter Espresso stand, nahm Andrea das Thema wieder auf.

»Euren OB zu fragen, wird wenig nützen.«

»Jedenfalls nicht zum jetzigen Zeitpunkt«, bestätigte ich seine Aussage.

»Also beschatten.«

Ich nickte.

»Ab wann?«

»Sofort?«

»Bene, ich fange an«, sagte Andrea, trank seinen Espresso und stand auf.

»Du zahlst.«

Ich nickte und er verließ das Restaurant. Sein Gang hatte etwas Schwebendes an sich, als ob seine Füße nicht den Boden berührten.

Andrea war ein kleiner, zierlich gewachsener Mann mit gelocktem, vollem Haar. Er bewegte sich immer, als glitte er dahin, von einem leichten Wind getrieben, wie ein Schatten. Wenn er nicht gesehen werden wollte, dann wurde er es nicht. Hierin war er perfekt. Fast so perfekt wie im Umgang mit seiner Waffe.

Ich bezahlte die Rechnung. Dann fuhr ich mit meinem Mercedes SLS Cabrio in meine Werkstatt. Eine Durchsicht konnte nicht schaden. Und ein anderes Auto. Ein unscheinbares Modell, das für die Beschattung geeignet war. Eine Dreiviertelstunde später fuhr ich in einem Opel Ascona zu meinem Büro und überlegte allen Ernstes, ob ich mir nicht einen Wackeldackel für die Hutablage sowie einen Hut für mich selber zulegen sollte. Stil ist eben Stil.

Am kommenden Morgen schrieb ich ein paar Suchanzeigen nach einem entlaufenden Chihuahua und lobte eine Belohnung über 100 Euro aus. Das konnte ich ja getrost machen, wo der Köter doch mausetot war. Dann rief ich noch einmal in der Tierarztpraxis an und bat meinen Freund, den Mops in die Tiefkühltruhe zu stecken. Wer weiß, wozu der Hund noch gut sein könnte. Ich musste aber versprechen, ihn im Laufe einer Woche abzuholen. Das tat ich dann auch. Danach informierte ich Frau Overstolz von meinen Suchanzeigen, regelte mit ihr eine vorläufige Abrechnung, bedankte mich brav für den Auftrag und legte auf.

Andrea und ich hatten vereinbart, dass wir uns alle zwölf Stunden abwechseln würden. Am nächsten Morgen um fünf Uhr stand ich mit meinem komplett unauffälligen Auto in einer Seitengasse, aus der ich das Haus der Overstolz wunderbar sehen konnte, ohne selber gesehen zu werden. Ich hoffte, dass sich diese Unternehmung nicht allzu lange hinziehen würde.

Für mich würde es anderenfalls zu einem teuren Spaß werden. Ich würde kein Geld einnehmen, dafür aber jede Menge ausgeben. Andrea konnte das egal sein. Er war zurzeit ohne Auftrag und behauptete, die kommenden acht Monate auch keine Not zu haben. Ich nahm an, dass er die Wahrheit sagte. Seine hauptberufliche Tätigkeit wurde so gut bezahlt, dass er ohne Schmerzen einen längeren Zeitraum aushalten konnte.

Es war ein recht ordentlicher Spätsommermorgen in der ersten Septemberwoche. Um fünf nach sieben Uhr verließ Herr Overstolz sein Haus, gab seiner Gattin an der Tür ein Abschiedsküsschen, stieg in sein Auto und brauste davon. Ich wartete eine kleine Weile, dann fuhr ich ihm nach.

Der Job war reichlich öde. Overstolz fuhr mit seinem Audi Quattro nach Meißen und begab sich ins Rathaus, das er um neun Uhr wieder verließ. Er ging zu Fuß zu diversen Terminen, bei denen er breit grinsend sein Gesicht in die Kameras hielt, Hände schüttelte und überflüssige Reden hielt. Mittags ging er in die Kantine der Arbeitsamtsschule zum Mittagessen. Der Nachmittag war komplett ereignislos. Ich hockte im *Journal-Café* und goss mir eine Tasse Kaffee nach der anderen in die linke Herzhälfte. Das ging so weiter bis gegen siebzehn Uhr, als Overstolz eiligen Schrittes über den Marktplatz lief. Ich legte zwanzig Euro neben meine leere Tasse und folgte ihm zum Parkplatz, wo er in sein Auto stieg.

Ich nahm an, dass er nach Hause fahren würde, doch da täuschte ich mich. Er fuhr in Richtung Autobahn. Es war einfach, ihm zu folgen. Er fühlte sich schließlich unbeobachtet.

Auf der Autobahn fuhr er in Richtung Chemnitz und dann nahm er die E 55 in Richtung Prag. Er ließ sich Zeit. Vor der ehemaligen Grenze erlaubte er sich eine ausgiebige Kaffeepause. Ich konnte derweil eine Maut-Marke kaufen, die man zur Benutzung tschechischer Autobahnen benötigt. Ich klebte sie kunstvoll an die Windschutzscheibe meines Miet-Ascona. Weiter ging die Fahrt. Er verließ die Autobahn in Richtung Ústí, wo er gemütlich durch die Innenstadt gondelte, um am Ende der Fahrt in der Tiefgarage des Einkaufszentrums in der Stadtmitte einzuparken. Ich folgte ihm vorsichtig und unbemerkt. Er nahm eine kleine Reisetasche von der Rückbank seines Autos, verriegelte die Türen und verließ die Tiefgarage. Weiter ging er zielstrebig durch den Innenbereich des Einkaufszentrums, verließ den Klasterni Platz, um augenblicklich das Hotel *Na Rychtě* zu betreten. Das *Na Rychtě* war ein äußerst beliebtes und stark frequentiertes Hotel mit Restaurant und eigener Brauerei, in dem es nicht nur ausgezeichnetes Bier, sondern auch ebenso gutes Essen gab. Ich folgte Overstolz und suchte mir einen Platz, von dem ich sowohl die Rezeption als auch den Restaurantbereich überblicken konnte. Er stand an der Rezeption und war offenbar dabei einzuchecken. Es sah ganz danach aus, als wäre er hier nicht unbekannt. Während ich mir ein Bier vom Fass bestellte, bekam er seinen Schlüssel ausgehändigt und entschwand meinen Blicken, weil er die Treppe zu den Zimmern nahm. Ich warf einen Blick auf die Uhr. Es war mittlerweile neunzehn Uhr.

Es dauerte eine ganze Weile, genau gesagt vier weitere Biere, bis Herr Overstolz wieder auftauchte. Jetzt war er nicht mehr allein. Er befand sich in Begleitung einer sehr attraktiven Frau, die mit Sicherheit zwanzig Jahre jünger als der Herr Oberbürgermeister war. Sie setzten sich an einen Tisch für zwei Personen und begannen, die Karte zu studieren. Das war für mich der willkommene Anlass, es ihnen gleich zu tun. Mein Magen konnte nach so viel Flüssigkeit schon etwas Handfestes vertragen.

Es gibt in meinem Leben zwei große Vorlieben. Zum einen natürlich schöne Frauen und dann gutes Essen und Trinken. Aus letzterem Grund liebte ich das *Na Rychtě* und war dem seitenspringenden Overstolz dankbar, sich gerade dieses Haus als Liebesnest ausgesucht zu haben. Ich bestellte als Vorspeise eine Knoblauchsuppe, zum Hauptgang die Rinderrippe gegrillt mit Rotkraut und Klößen und zum krönenden Abschluss Mousse au Chocolat nach Art des Hauses. Dazu genehmigte ich mir noch ein paar frisch gezapfte Pils und einen herrlichen Obstbranntwein, der den Genuss abrundete. Das Liebespärchen turtelte sich ebenfalls durch drei Gänge, trank allerdings Weißwein. Warum nicht, in einer Brauerei? Es wurde zweiundzwanzig Uhr, als die beiden beschlossen aufzubrechen, das heißt, sich ins Bett zu begeben. Jedenfalls gingen sie eng umschlungen an meinem Tisch vorbei und dann schnurstracks die Treppe zu den Zimmern hoch. Da blieb mir wohl nichts anderes übrig, als ebenfalls die Nacht in Ústí zu verbringen. Ich bekam ein Doppelzimmer zum Einzelzimmerpreis. Nachdem ich Andrea telefonisch von der Entwicklung der Dinge berichtet hatte, blieb ich noch eine Weile an meinem Tisch sitzen und trank etwas von dem köstlichen Gerstensaft. Es wurde spät. Ich bezahlte schließlich für alles die horrende Summe von 26,89 Euro und begab mich auf mein Zimmer, wo ich umgehend in weichen Federn in einen ruhigen Schlaf fiel.

Der Wecker lärmte am nächsten Morgen um sechs Uhr und riss mich aus dem Schlaf. Frischgeduscht und rasiert schlug ich gegen halb sieben im Gastraum auf, wo Andrea bereits auf mich wartete. Wir hatten abgemacht, dass er die Beschattung von Overstolzens Geliebter übernehmen sollte, während ich am Oberbürgermeister dranblieb. Wir widmeten uns gerade dem ausgiebigen

Frühstücksbüfett, als Herr Overstolz auf der Bildfläche erschien. Er war solo und hatte seine Reisetasche bereits dabei, frühstückte ebenfalls und verlangte dann nach der Rechnung. Auch ich beeilte mich zu zahlen. Dann ging es auf die Rückreise. Seine Geliebte durfte wahrscheinlich ausschlafen, oder sie war früher gegangen. Das musste nun Andrea herausfinden. Ich heftete mich an Overstolzens Fersen.

Die Rückreise blieb ereignislos. Overstolz fuhr ohne zu stoppen nach Meißen und begab sich ins Rathaus. Der Tag verlief in etwa wie der vorherige. Nach Feierabend fuhr er nach Hause. Ich folgte ihm vorsichtig und kam gerade noch rechtzeitig, um zu beobachten, wie er von der Rückbank seines Wagens nicht nur die Reisetasche, sondern auch noch eine Schachtel Pralinen herausholte. Wann mag er die gekauft haben, wunderte ich mich. Jedenfalls nicht, solange ich mein Auge auf ihn geworfen hatte. Ich beschloss, eine Nachtschicht draufzulegen. Meine Geduld wurde auf eine nicht unbedeutende Probe gestellt, am Ende aber belohnt. Gegen zwei Uhr in der Früh kam ein Volvo Kombi so leise wie möglich und ohne Beleuchtung angefahren. Der Wagen hielt mit laufendem Motor vor der Einfahrt. Der Beifahrer verließ den Wagen und, welche Überraschung, öffnete den Kofferraum von Overstolzens Audi, hob mehrere große Einkaufstüten heraus und verstaute sie im Volvo. Nachdem der Kofferraum sorgfältig und leise wieder zugemacht worden war, fuhr er davon. Natürlich hatte ich mir erlaubt, das Geschehen auf meinem Fotoapparat zu dokumentieren. Beweismaterial war immer gut.

Ich wartete eine Minute, dann ließ ich meinen Motor an, um ihm zu folgen. An der Ortsausfahrt von Miltitz sah ich, wie der Wagen auf der Straße Richtung Meißen wieder beleuchtet wurde. Ich dankte meinem Schöpfer für die mondhelle Nacht und fuhr hinter dem verdächtigen Fahrzeug noch eine Weile unbeleuchtet hinterher, ehe ich, auf der Bundesstraße angekommen, wieder meine Lichter einschaltete. Es war nicht schwer, dem Volvo nach

Meißen und dann durch die Ortschaft zu folgen. Er fuhr über Großenhain bis zur Autobahnauffahrt Richtung Berlin. In Radeburg stoppte der Wagen an einer Aral Tankstelle. Zwei Männer stiegen aus. Beide waren um Mitte Dreißig, dunkel gekleidet, mit Wollmützen auf den Köpfen. Sie gingen in den Verkaufsraum. Ich hielt an einer Tanksäule, tankte meinen Opel voll. Als ich zum Bezahlen das Gebäude betrat, suchte ich im Raum vergeblich nach den beiden Männern. Ich beeilte mich zu bezahlen. Als ich das Tankstellengebäude verließ, durfte ich zu meinem Ärger zur Kenntnis nehmen, wie der Volvo bereits wieder auf die Straße rollte, und weg war er. Reingelegt. Geleimt wie ein Anfänger. Vor Wut hätte ich eine Beule in den scheiß Kotflügel des Ascona treten können. Das hätte aber nicht viel gebracht. Wenigstens hatte ich das Kennzeichen des Autos. Ich setzte mich schlecht gelaunt hinter das Steuer und lenkte es in Richtung Heimat. Immerhin blieben mir ein paar Stunden, um an einer klugen Ausrede zu basteln, die ich Andrea glaubwürdig präsentieren konnte. Aber ehrlich gesagt, fiel mir keine ein.

3

Ich saß in meinem Büro und sortierte die Post. Ich hatte heute meinen schwarzen Cordanzug an, dazu trug ich ein blau-weiß kariertes Hemd und hellbraune Wildlederschuhe. Früher mochte ich blau-weiß karierte Hemden in Kombination mit Jeans und einer dunkelblauen Stoffjacke, dazu weiße Turnschuhe. Das war die Kombination, die David Hemmings als Fotograf in *Blow Up* getragen hatte, einem meiner Lieblingsfilme. 1966, das Jahr, in dem der Film in die Kinos kam, war mein Geburtsjahr. Als ich dreißig Jahre alt wurde, machte ich mir zur Aufgabe, alles zu recherchieren, was in meinem Geburtsjahr so los gewesen war. Da wurde Indira Ghandi Premierministerin in Indien, und John Lennon behauptete, dass die Beatles bekannter seien als Jesus. Im Kanton Zürich in der Schweiz lehnten die Stimmberechtigten in einer Volksabstimmung ab, auch Frauen das Stimmrecht zu geben, und im Kino lief *Blow Up*. Es gab ja mal so etwas wie eine existentialistische Philosophie oder anders ausgedrückt, es gab mal einen philosophischen Blick auf das Leben, das Dasein, die Welt, auf ihre Zusammenhänge. Da wurde schon viel hinterfragt. Und auch in *Blow Up* stand die Frage nach dem Sinn des Daseins im Raum. Da war dieser hippe Fotograf, dem die Welt zu Füßen lag, der an jedem Finger zehn Frauen hatte, Geld wie Heu, der arrogant war und dem dies alles jäh unter den Füßen weggezogen wurde, nachdem er auf einem seiner Fotos in der starken Vergrößerung (Blow up) einen Toten im Park sah, der tatsächlich dort lag und dann doch plötzlich verschwunden war, ebenso wie seine Fotos. Weshalb dann alles, was bis dahin sicher schien, in Frage gestellt werden konnte.

So etwas gibt es ja heutzutage nicht mehr. Ist auch besser so. Seitdem die Menschen erkannt haben, dass das Leben im Kern nicht mehr und nicht weniger als ein großes Event ist, geht alles wie geschmiert.

Meine Post war langweilig. Werbung und eine Rechnung, meine Bankauszüge und noch etwas Werbung. Ich überlegte gerade, ob ich einen Flachbildfernseher mit 105 cm Bilddiagonale gebrauchen könnte, als Andrea auftauchte. Er stellte eine Papiertüte und zwei Pappbecher mit dampfendem Kaffee auf meinen Schreibtisch.

»Florentiner?«, fragte ich und schaute die Tüte erwartungsfroh an.

Andrea nickte, und ich nahm mir einen Florentiner und einen der Pappbecher. Ich liebe Florentiner, die machen so schön schlank.

»Die Dame war eine Pro«, sagte Andrea und fischte sich einen Berliner aus der Tüte. Er biss hinein, kaute und nickte dann anerkennend.

»Die Berliner von Bäcker George sind die Besten.«

»Du hast sie gefragt?«

»Si. Sie kam zum Frühstück gut eine Stunde, nachdem du weg warst. Ich habe den direkten Weg gewählt, habe sie einfach gefragt.«

Andrea hielt nicht viel von Zeitverschwendung. Da waren wir oft nicht einer Meinung.

»Du hast sie gefragt«, stellte ich trocken fest. »Und?«

»Tausend die Nacht.«

»Oh!«

Andrea grinste. »Nicht schlecht, was?«

»Vielleicht sollte ich das Metier wechseln«, dachte ich laut.

»Dir zahlt keine Sau tausend Kracher.«

Ich hatte keine Lust auf einen Streit hinsichtlich meines Wertes als Callboy. Ich biss lieber noch einmal in den leckeren Florentiner und trank dazu einen Schluck Kaffee.

»Was weiter?«, fragte ich.

»Oh, sie ist eine sehr charmante Lady. Hat wirklich Stil. Sie hat mir Ústí gezeigt, und später hat sie mir etwas von sich gezeigt. Hat sich echt gelohnt.«

»Was hast du gezahlt?«

Andrea schaute mich mit seinem Andrea-Blick an, so dass ich es vorzog, das Thema fallen zu lassen. Stattdessen fragte ich nach unserem Oberbürgermeister.

»Das war ein ganz normaler Job. Telefonische Anfrage, Terminabsprache und Zahlung per Vorkasse und PayPal von einem anonymen Vermittler. Sie hat den OB erst im Hotelzimmer getroffen. Zum ersten Mal.«

»Ist das glaubwürdig?«

»Warum nicht. Ist ein Job.«

»Hmhm.«

»Ich war noch einmal im *Na Rychtě*. Netter Kerl an der Rezeption, auskunftswillig, natürlich gegen Bezahlung.«

»Spesen?«

»Du bekommst eine Rechnung.«

»Und?«

»Overstolz ist Stammgast. Jede zweite Woche, wechselnde Tage, wechselnde Damen.«

»Aha«, ich war erstaunt, wenngleich auch nicht richtig. »Es ist wohl anzunehmen, dass er immer mit einem Kofferraum voller Plastiktüten heimkommt. Was mag da wohl drin sein?«

Andrea blickte fragend, und ich setzte ihn in Kenntnis von meiner nächtlichen Tour. Für meinen Fauxpas an der Tankstelle fand ich eine elegante Umschreibung.

»Also ist Overstolz ein Kurier?«, meinte Andrea.

»Der sich mit Sex bezahlen lässt.«

»Oder der durch Sex dahin gekommen ist.«

»Du meinst eine Kombination aus Erpressung und Bestechung?«

»So in der Richtung. Aber dazu muss ich ihn wohl direkt befragen.«

4

Der Volvo Kombi, dem ich so sinnlos hinterhergefahren war, hatte ein Meißner Kennzeichen gehabt. Ich kannte da eine nette Frau, die auf der Zulassungsstelle in Meißen arbeitete. Ich hatte ihr vor Jahren einmal bei einem Versicherungsfall geholfen. Sie hatte mich ordentlich bezahlt, aber es gab immer noch einen Rest Dankbarkeit. Also rief ich sie an und gab ihr das Kennzeichen. Sie versprach, ihr Möglichstes zu tun. Nach einer halben Stunde rief sie mich zurück. Das Fahrzeug war auf den Namen der Meißner Rechtsanwaltskanzlei *Sonnemann, Treptow und Partner* gemeldet.

Interessant, dachte ich. Es handelte sich dabei um eine recht große Anwaltskanzlei, deren erster Partner, der Strafverteidiger Hubertus Sonnemann, in vielen weiteren wirtschaftlichen Unternehmungen seine Finger im Spiel hatte. Vor allem Immobiliengeschäften. Man munkelte hinter vorgehaltener Hand, dass er nach der Wende versucht hatte, praktisch ganz Meißen zu kaufen. Dabei hatte man ihn und seine damaligen Partner ausgebremst. Dennoch gehörte ihm ein gehöriges Stück der Altstadt. Als Strafverteidiger war er ein As. Persönlich wurde er nur in den richtig harten Fällen aktiv, und seine Erfolgsquote war beängstigend hoch. Was nun er oder seine Leute, wenigstens aber ein zur Kanzlei gehörendes Fahrzeug, mit dem Oberbürgermeister und seinen nächtlichen tschechischen Abenteuern zu tun hatten, musste erst einmal ans Licht gebracht werden.

Ich spielte ein bisschen Eene-Meene-Muh mit mir selber, und am Ende fiel das Los auf den Oberbürgermeister. Ich verabredete telefonisch mit seiner freundlichen Vorzimmerkraft einen persönlichen Gesprächstermin am nächsten Vormittag.

Ein Blick auf die Uhr verriet mir, dass es Zeit zum Mittagessen war. Ich hatte ja noch ein paar Cent von Frau Overstolzens Honorar in meiner Börse, und so entschied ich mich für ein leckeres indisches Menü in der *Fuchshöhl*, dem zweiten Restaurant, das man in Meißen gefahrlos aufsuchen konnte.

Am nächsten Vormittag traf ich pünktlich zum Termin mit Herrn Oberbürgermeister Overstolz im Rathaus ein. Ich trug wieder meinen schwarzen Cordanzug, hatte mich allerdings heute für ein schwarzes Hemd entschieden. Dazu trug ich schwarze Lederhalbschuhe, auf Hochglanz poliert.

Bei wichtigen Persönlichkeiten ist es normal, dass eine nette Vorzimmerdame einen erst einmal bittet, Platz zu nehmen und zu warten, bis die Persönlichkeit fertig ist, mit was auch immer. Ich saß brav auf dem Besucherstuhl und betrachtete eingehend die Vorzimmerdame, eine frisch gebliebene Mittfünfzigerin, die es verstand, sich vorteilhaft zu kleiden. Ihr blondes Haar hatte sie modisch kurz schneiden lassen, sie trug nur das nötigste Make-up, ihr Körper war top in Form. An der rechten Hand trug sie einen Ehering, der mich daran hinderte, sie zum Essen einzuladen. Da sie auch sonst auf jegliches Palaver verzichtete, hielt ich mich ebenfalls zurück und genoss still die Aussicht. Nach einer Viertelstunde Wartezeit öffnete sich die Tür zum Oberbürgermeisterzimmer, und Herr Overstolz trat schwungvoll heraus. Er gab der ansehnlichen Dame ein paar Anweisungen, die wohl eher dazu gedacht waren, vor mir seine Wichtigkeit herauszustreichen. Dann wendete er sich zu mir. Ich stand auf, und wir schüttelten die Hände zur Begrüßung. Also ich schüttelte. Er hielt mir eher seine Hand hin. Ich war froh, dass es nicht heiß in den Räumen war, so dass ich einen trockenen Waschlappen anstelle eines ekelig nassen zwischen die Finger bekam. Auf Fotos erschien Overstolz wesentlich größer, als er in Wirklichkeit war. Tatsächlich reichte er mir gerade mal bis an die Nase. Gut, ich bin 1,90 groß, also war Overstolz knapp 1,75. Von Nahem sah sein Teint etwas teigig und ungesund aus. Aber er war glattrasiert, die Haare waren ordentlich gekämmt, und er duftete nach teurem Parfum. Er trug einen Businessanzug von der Stange, dunkelblau, dazu ein weißes Hemd mit rot-blau gestreifter Krawatte. An den Füßen trug er schwarze Schuhe, die zum Anzug passten. Ich reichte ihm meine Karte, er warf einen kurzen Blick darauf und sagte:

»Herr Schroeder, ich habe schon von Ihnen gehört. Interessanter Beruf. Na, dann kommen Sie mal in meine gute Stube. Kaffee?«

Ich bejahte, er orderte das Angebotene mit einer Handbewegung bei seiner Vorzimmerdame, dann schritt er vor mir zu einem großen Besprechungstisch aus Mahagoni und deutete mir an, mich zu setzen. Der Kaffee kam, die Dame füllte zwei Tassen und fragte mich nach Milch und Zucker. Ich bat um Zucker. Overstolz bekam noch viel Milch dazu. Sie stellte die Tassen vor uns hin, verließ das Zimmer und schloss die Tür. Trinken musste ich also selber.

»Privatdetektiv. Spannend«, teilte mir der Oberbürgermeister mit. Ich lächelte ihn mit meinem schönsten Lächeln, das ich bei Männern aufbringen kann, an und trank einen Schluck von dem Kaffee.

»Was verschlägt jemanden wie Sie nach Sachsen? Und dann noch nach Meißen?«, fragte er.

Eine willkommene Antwort auf diese Frage ist eigentlich »die Liebe«. Da es sich in meinem Fall anders verhielt, blieb ich bei der Wahrheit und sagte ihm, dass ich nach über fünfundzwanzig Jahren im Sodom und Gomorra der großen Städte und der großen weiten Welt nach etwas komplett Piefigem gesucht und es eben hier gefunden hatte. Er schien von meiner Antwort nicht gerade begeistert zu sein. Also schaute er auf seine Uhr, beurteilte seine wertvolle Zeit und kam wohl zu dem Entschluss, den Smalltalk zu beenden.

»Womit kann ich Ihnen denn helfen?«, fragte er.

»Tja, sehen Sie, Herr Overstolz, ich war vor ein paar Tagen in Ústí, lecker essen, im Hotel *Na Rychtě*«, sagte ich und machte eine

Kunstpause. Er blickte mich ausdruckslos an. Sein Gesicht blieb ohne Reaktion. Er hatte sich wohl gut im Griff.

»Eine gute Adresse«, meinte er. »Da gehe ich selber gern hin, wenn ich in Ústí zu tun habe.«

»Genau«, gab ich ihm recht. »Ich habe Sie da ja auch gesehen. In Begleitung einer Dame.«

Noch immer keine Reaktion, nur sein Körper straffte sich unmerklich.

»Und?«

»Nichts und. Es sah so aus, als wenn Sie sich gut verstanden haben. Ist ja nicht verboten, oder? Ich habe dann auch dort übernachtet.«

Overstolz veränderte seine Haltung ein ganz klein wenig, beugte sich nach vorne und legte beide Hände flach auf die Tischplatte, um sich abzustützen.

»Wollen Sie mich erpressen?«, fragte er mit einem drohenden Unterton in der Stimme.

»Ach was«, sagte ich. »Das ist nicht mein Stil. Ich bin vielmehr daran interessiert, wer in der Nacht die Plastiktüten in Ihren Kofferraum gepackt hat, und was sich darin befand.«

Ich konnte die wachsende Spannung im Raum förmlich greifen.

»Ich denke, dass Sie jetzt gehen sollten«, sagte er leise.

»Wissen Sie, das Hündchen ihrer Gattin, der hässliche Bubu, ist nämlich an einer Überdosis Crystal Meth gestorben, und da dachte ich, ich frage mal.«

»Unsere Besprechung ist beendet«, sagte er und erhob sich.

Ich dachte gar nicht daran.

»Bevor der bedauernswerte Bubu abkratzte, hatte er auf der Rückbank Ihres Autos gesessen«, fuhr ich fort.

»Raus!« Er wurde deutlich lauter, trat zur Tür und öffnete sie. »Raus«, wiederholte er sich. Ich zuckte mit den Schultern, erhob mich und verließ den Raum.

»Schade«, sagte ich. »Da muss ich wohl woanders weiter bohren. Schönen Tag noch.«

Ich nickte der Vorzimmerdame charmant zu. Sie erwiderte mein Lächeln, und dann war ich draußen. Die Sonne schien angenehm auf den Marktplatz der schönen Stadt Meißen. Mein Besuch hatte nicht einmal eine Dreiviertelstunde gedauert, Wartezeit inbegriffen. Ich hatte zwar nichts Konkretes von Herrn Overstolz erfahren, aber dennoch genug um zu wissen, dass die Angelegenheit mächtig faul war.

Als nächstes stand Staranwalt Sonnemann auf meiner Liste. Meißen ist nicht nur recht kleinbürgerlich, es ist auch räumlich klein und überschaubar. Ich marschierte vom Marktplatz über den Heinrichsplatz, bog vor der Altstadtbrücke rechts in Richtung Tierpark ab, latschte gut einen Kilometer entlang der B6, bis ich rechts in den Poetenweg einbog. Am Ende des kleinen Stichweges stand ich dann vor dem Gebäude der Anwaltskanzlei, das durchaus geschmackvoll in den Berg hineingebaut war. Da hatte der Architekt ein gutes Händchen bewiesen. Eine kleine Prise Bauhaus, ansehnlich, wenn bloß nicht dieses völlig verunglückte, überdimensionierte Logo der Kanzlei oben an der Mauer angebracht wäre, dachte ich. Wer auch immer dieses Design verbrochen hatte, gehörte sofort eingesperrt. Doch wie gesagt, hier residierte ein Staranwalt. Da ging es mit dem Einsperren nicht so einfach.

Ich gab der Platinfrisur hinter dem Empfangstresen meine Karte und fragte, ob Herr Sonnemann wohl ein paar Minuten Zeit für mich hätte. Ich durfte mich wieder setzen und warten. Die Frisur telefonierte.

Nach unerwartet kurzer Wartezeit erschien ein gut gebauter, gut gebräunter, gut frisierter, gut angezogener Mann Mitte dreißig, der sich vor mir aufbaute, mir zwei Reihen perfekter Zähne zeigte und dann sein Lächeln wegsteckte.

»Sie sind Schroeder«, stellte er fest und musterte mich von

oben bis unten. Das Ergebnis seiner Betrachtung schien ihm nicht zu gefallen. Er setzte einen eiskalten Blick auf und sagte:

»Sie sind hier nicht erwünscht. Ich darf Ihnen von Herrn Sonnemann ausrichten, dass Sie das Gebäude augenblicklich zu verlassen haben. Betrachten Sie das Hausverbot als ausgesprochen.«

»Uhu«, machte ich und hob die Hände ängstlich vor mein Gesicht. »Ich habe ja richtig Angst.« Dann erhob ich mich und baute mich vor dem knallharten Typen auf. Wir waren in etwa gleich groß, schauten uns in die Augen. Er machte noch immer den stählernen Blick, ich lächelte versöhnlich.

»Schon gut«, sagte ich und klopfte ihm auf die Schulter. »Wir wollen uns doch nicht hier hauen – oder? Ich geh dann mal raus und warte.«

Sprach es, drehte mich um und verließ die Eingangshalle.

Gegenüber dem Gebäude setzte ich mich auf eine Bank und wartete. Aber es folgte mir niemand. Schade, dachte ich, so eine kleine Schlägerei hätte mir jetzt gutgetan. Ein wenig Dampf ablassen. Aufgeschoben ist nicht aufgehoben. Hier kam zu viel Dreck in viel zu kurzer Zeit zusammen, um zu meinen, dass ein Zusammenstoß vermeidbar wäre. Fragte sich nur, wann es dazu kommen würde.

5

»Der Oberbürgermeister schmuggelt Drogen, ein Wagen von Anwalt Sonnemann fährt diese nach Dresden. Beweisen kannst du das alles nicht, aber du machst dich freiwillig zur Zielscheibe. Und warum das alles?«

Andrea und ich fuhren mit Andreas Jaguar S-Type in Richtung Ústí. Ich wollte gern mehr über die Frauen erfahren. Und noch mal lecker essen.

Andrea hatte in gewisser Weise recht mit seiner Frage.

»Ich mache das wegen Bubu.«

»Uhuh«, machte Andrea.

»Der Köter war zwar potthässlich. Aber er war Frauchens Liebling. Und Frauchen ist schon über sein Verschwinden verzweifelt.«

»Du machst es also wegen Frauchen«, stellte Andrea fest.

»Ich mache es, weil Bubu ohne Crystal Meth nicht hätte krepieren müssen. Und weil ich es nicht ertragen kann, dass solche Arschlöcher wie der Overstolz damit auch noch ungestraft davonkommen, inklusive seiner Auftraggeber, Hintermänner und aller anderen Gauner, die in die Sache verwickelt sind.«

»Der kleine Hobby-Robin-Hood«, frotzelte Andrea. »Das, mein Lieber, könnten wir viel einfacher und direkter regeln.«

Natürlich wusste ich, was er meinte. In solchen Dingen war Andrea in der Tat pragmatischer als ich.

»Wir machen es auf meine Art.«

»Die ist umständlich, langwierig und kostenintensiv.«

»Egal.«

»Und warum mache ich dann mit? Du zahlst mir nicht mal was.«

»Du kannst dabei was lernen.«

»Tschechisch?«

»Dass die Gerechtigkeit siegt.«

Andrea schwieg und schaute dabei mit unbewegtem Gesicht durch die Windschutzscheibe.

»Wir glauben zu wissen, dass der OB Crystal Meth schmuggelt«, sagte er.

»Wir glauben zu wissen, dass Crystal Meth in seinem Kofferraum war, als er das letzte Mal von Ústí nach Meißen fuhr. Wir wissen nicht, ob er das wusste.«

»Das ist Korinthenkackerei, Schroeder. Das ist Bullshit. Er weiß es, wir wissen es. Und? Eine Kugel in die Rübe, Ende, Aus, Banane – Gerechtigkeit.«

»Wir machen es auf meine Art.«

»Uneinsichtiger Idiot«, maulte Andrea und lenkte seinen Jaguar auf einen Parkplatz.

»Pinkelpause. Du bezahlst das Ticket für die Maut.«

Wir nahmen uns Zimmer im Hotel *Na Rychtě*. Die Zimmer lagen im ersten Stockwerk nebeneinander. Ich beabsichtigte in Ústí die letzte Begleiterin von Overstolz aufzusuchen und zu befragen. Vielleicht würde ich so an die Hintermänner herankommen. Andrea sollte versuchen, Namen und Adressen weiterer Damen zu ermitteln, mit denen Overstolz hier seinen Spaß gehabt hatte. Was immer ich auch in Erfahrung bringen würde, zumindest würde meine Schnüffelei Staub aufwirbeln. Und bei genug Staub musste immer einer niesen, und der würde früher oder später bei mir auftauchen und mich einen Schritt weiterbringen. Das war natürlich nicht ungefährlich. Aber es ist nun einmal die einzige Methode, die hilft, wenn sonst nichts geht.

Andrea besaß selbstverständlich die Adresse des letzten Abenteuers. Ihr Name war Laska Hradecká. Wir fuhren hin. Sie wohnte in einem besseren Wohngebiet am Stadtrand von Ústí in der Žežická 77. Vor der Haustür parkte ein neuer 3er-BMW. Laska war zu

Hause und bat uns freundlich zu sich herein. Ihre Wohnung, ein Drei-Zimmer-Appartement mit amerikanischer Küche, war modern und geschmackvoll eingerichtet. An den Wänden hingen einige Radierungen und zwei Ölgemälde, moderner Expressionismus. Ich betrachtete die Werke interessiert, und sie klärte mich auf, dass es sich um Werke einiger Freunde handelte. Maler, Avantgarde in Prag. Wir sprachen deutsch miteinander. Wir nahmen in den bequemen Ledersesseln Platz. Sie servierte uns Kaffee und Leitungswasser, nahm sich selber eine Tasse mit viel Milch, dann setzte sie sich uns gegenüber auf das zu den Sesseln passende Sofa. Sie lächelte uns erwartungsvoll an. Sie wusste, warum wir gekommen waren, da war ich mir sicher.

»Kann ich euch helfen?«, fragte sie und blickte dabei Andrea an.

»Er ist hier der Neugierige«, sagte Andrea und deutete auf mich. »Ich passe auf, dass ihm nichts zustößt.«

»Das ist lieb von dir. Und du, wie heißt du?«, fragte sie mich.

»Schroeder«, antwortete ich. »Steffen.«

Der Name regte sie nicht gerade auf.

»Steffen, ach so.«

»Du weißt, warum wir gekommen sind?« Ich hatte genug vom Smalltalk. Sie schien meine Direktheit keineswegs als Unhöflichkeit zu bewerten.

»Wegen Overstolz, nehme ich an.« Ich nickte.

»Ein Kunde, weiter nichts. Ich arbeite als Begleitdame, offiziell, willst du meine Arbeitserlaubnis sehen?«

»Ach was, ich komme ja nicht von der Sitte.«

»Von was kommst du dann? Von seiner Frau?«, fragte Laska.

»Ich bin Privatermittler, okay. Aber ich bin hier im eigenen Interesse.«

»Was hat er dir getan?«

»Nichts, er hat einen Hund umgebracht.«

»Einen Hund?«, fragte Laska überrascht.

Andrea machte eine Scheibenwischer-Bewegung vor seiner Stirn und meinte: »Manchmal tickt er nicht ganz richtig. Nicht drüber nachdenken, einfach antworten.«

»Ich mochte den Hund nicht«, fuhr ich ungerührt fort. »Es war ein hässlicher Chihuahua. Aber er wurde vergiftet, das mag ich auch nicht, egal wie hässlich ich jemanden finde. Und das Gift hat er in Overstolzens Auto gefressen, Crystal Meth. Und jetzt will ich wissen, wie das Zeug in Overstolzens Wagen gekommen ist.«

»Was hat das mit mir zu tun?«, fragte Laska. Ich erzählte ihr von meiner Beschattung und wie ich Overstolz gefolgt war, und von der Sache mit dem Kofferraum und den Plastiktüten.

»Und jetzt will ich wissen, wie die Plastiktüten in der Nacht in das Auto gekommen sind, was in ihnen drin war und wer sie da reingelegt hat. Und da das passiert sein musste, während du mit Overstolz im Bett lagst, wüsste ich gern, wer euch zusammengebracht hat.«

»Ach so«, sagte sie. »Verstehe.« Sie nippte ein wenig an ihrem Kaffee, dann nahm sie einen Montblanc-Kalender vom Beistelltisch, blätterte ein paar Seiten hin und her, bis sie offenbar fündig geworden war.

»Ah, das war ein telefonischer Auftrag, über meine Prager Agentur. Hier, sieh mal.«

Sie hielt mir die Seite hin, auf der ich Overstolzens Namen, Uhrzeit, Ort und 2000 Euro nachlesen konnte sowie ein paar tschechische Begriffe, die ich nicht verstand.

»Nicht gerade preiswert«, bemerkte ich.

Sie lachte und sagte:

»Das Preis-Leistungs-Verhältnis stimmt. Du kannst es überprüfen, wenn du willst.«

»Ich zahle nicht für Sex.«

»Habe ich das verlangt?«, fragte sie keck.

»Was bedeuten die Begriffe da?«, fragte ich auf die Seite deutend.

»Telefonischer Auftrag und Zahlung im Voraus. Ich habe das Geld über PayPal erhalten, verstehst du?«

Das verstand ich. So konnten wir wohl kaum an einen Namen herankommen. Ich bezweifelte, dass mir die Agentur hier helfen würde. Dennoch erkundigte ich mich nach ihrer Adresse.

Dann fragte ich Laska, ob sie wüsste, zu welcher ihrer Kolleginnen Overstolz eventuell Kontakt gehabt hatte. Sie hatte keine Ahnung. Also verabschiedeten wir uns und bedankten uns für den Kaffee. An der Tür drückte sie mir ihre Visitenkarte in die Hand und sagte:

»Für den Fall, dass du doch noch eine etwas nähere Überprüfung meiner Person machen willst.«

Ich hauchte ihr einen Kuss auf die Wange und sagte: »Ich überleg's mir.«

Sie schloss die Haustür hinter sich, wir stiegen in Andreas Jaguar, ich steckte die Visitenkarte in meine Brusttasche und fragte Andrea grinsend: »Und, neidisch?«

Andrea verzog keine Miene.

»Hab doch schon.«

Er ließ den Motor an. Dann rollte der Jaguar fast lautlos in Richtung Hotel.

6

Es war keine große Leistung, die Namen und Adressen der anderen Begleiterinnen des forschen Oberbürgermeisters herauszubekommen. Ein gewiefter Rezeptionschef weiß da immer genau Bescheid. Wenn man dazu elegant und unauffällig einen Geldschein auf den Tresen legt, bekommt man im Gegenzug das Gewünschte. In unserem Fall waren es fünf Namen und Anschriften von Damen, die in den vergangenen vier Monaten als Gesellschafterinnen von Overstolz im Hotel *Na Rychtě* aufgetaucht waren. Andrea und ich brachten einen ganzen Tag damit zu, die Adressen abzuklappern. Der Besuch bei den ersten vier Frauen war nicht gerade erfolgreich, wenn man einmal davon absah, dass alle vier einen Besuch aus anderem Interesse als dem unseren durchaus wert gewesen wären.

Als Nummer Vier uns an der Haustür verabschiedet hatte, war es achtzehn Uhr, und wir fragten uns, ob Nummer Fünf heute noch besucht werden sollte, oder ob ein kühles Bier nicht vorzuziehen wäre. Bei mir siegte die professionelle Haltung. Andrea allerdings hatte keine Lust mehr. Ich setzte ihn am Hotel ab, dann tippte ich ihre Adresse ins Navi ein.

Hana Mirka wohnte am westlichen Stadtrand in einem Viertel mit Einfamilienhäusern, gepflegt, sauber, kleiner Vorgarten, ruhig, ab vom Schuss. Hatten wir auch im Zusammenhang mit unseren Nachforschungen nichts erreichen können, so wussten wir jetzt mit Gewissheit, dass der Job der Begleiterin auch hierzulande zu gewissem Wohlstand verhelfen konnte.

Die ruhige Straße war getaucht in einen spätsommerlichen, warmen Sonnenschein. Ich klingelte an der Pforte, und es dauerte nicht lange, da wurde die Haustür von einer Frau Mitte dreißig geöffnet, deren Äußeres – wenigstens im Vergleich zu Nummern Eins bis Vier – unerwartet normal war. Sie trug eine ausgewaschene Jeans, darüber einen zwei Nummern zu großen grauen Sweater mit dem Aufdruck ›Hard Rock Cafe San Francisco‹, ihre Füße waren nackt, die Fußnägel unlackiert, ebenso wie ihre Fingernägel. Das mittellange, schwarze Haar wuschelte in Locken um ein schmales Gesicht mit hohen Wangenknochen, feiner Nase und sehr großen, hellblauen Augen. Sie war nicht geschminkt, und ihr sinnlicher Mund lächelte mich ungekünstelt an.

»Überraschender Besuch«, sagte sie auf perfektem Deutsch. Sieht man mir eigentlich an, woher ich komme? Wahrscheinlich hatte sie das Autokennzeichen registriert.

»Hana Mirka?«, fragte ich.

»Ja. Und wer sind Sie, und was kann ich für Sie tun?«

»Ich habe ein paar Fragen über Ihr Verhältnis zu Herrn Overstolz.«

Sie schien mit dem Namen nicht sofort etwas anfangen zu können.

»Herr Overstolz? Bitte helfen Sie mir, ich habe berufsbedingt Kontakt zu vielen Herren und merke mir, ehrlich gesagt, kaum einen Namen.«

Ich schilderte ihr kurz den Herrn, und sie nickte.

»Ich erinnere mich. Aber sagen Sie, sind Sie von der Polizei?«

»Ich bin Privatdetektiv.«

»Scheint sich zu lohnen«, sagte sie mit einem Blick auf Andreas Jaguar. »Privatdetektiv, das klingt spannend. Wollen Sie nicht hereinkommen? Wir setzen uns auf die Veranda, da plaudert es sich angenehmer als hier zwischen Tür und Angel.«

Die Veranda schaute auf einen kleinen Garten, der ringsherum zu den Nachbargrundstücken mit Büschen bepflanzt war. Davor standen, in herrlichen Farben blühend, Rosenstöcke. Eine kleine Rasenfläche gab es und ein Beet voller Gewürzpflanzen, von dem ein vielfältiger, angenehmer Duft zur Veranda herüberwehte. Bis auf das Zwitschern der Vögel herrschte Ruhe. Es war schön hier. Auf der Veranda befanden sich vier Korbstühle und ein einfacher Holztisch, auf dem eine Flasche Weißwein in einem Behälter mit Eiswürfeln stand und ein halbvolles Glas.

»Darf ich Ihnen auch ein Glas Wein anbieten? Einen Grünen Veltliner aus Mělník, schön trocken.«

Ich nahm das Angebot gern an. Sie holte ein Glas, goss mir ein, und wir setzten uns auf die Korbstühle, wobei sie die Beine elegant übereinander schlug. Sie nippte ein Schlückchen Wein, dann sagte sie:

»Herr Overstolz, ja, den habe ich dreimal getroffen. Eine finanziell lohnende, aber auch sehr langweilige Arbeit. Was interessiert Sie daran? Arbeiten Sie für seine Frau?«

Ich verneinte und erzählte wieder meine Bubu-Geschichte.

»Alles wegen einem toten Hund?«, fragte sie mit einem umwerfenden Lächeln.

»Alles wegen dem Rauschgift«, antwortete ich.

»Verstehe. Das ist gefährlich.«

»Ich bin auch gefährlich.«

»Haben Sie eine Waffe?«, fragte sie.

»Ja, aber nur eine ganz kleine«, antwortete ich, schlug meine Jacke zurück und zeigte ihr meine Smith & Wesson 327, die ich an meinem Gürtel im Holster trug.

»Ich habe schon kleinere Revolver gesehen«, sagte sie mit einem hintersinnigen Lächeln.

»Die Größe ist auch nicht entscheidend, oder?«, lächelte ich zurück. Sie trank ein weiteres Schlückchen Wein.

»Was wollen Sie wissen?«

»Ich würde gern erfahren, wer Overstolzens Besuche arrangiert und bezahlt. Das macht er doch nicht selbst, oder?«

Sie schüttelte mit dem Kopf.

»Meine Termine werden über meine Agentur in Prag organisiert.«

»Darf ich den Namen erfahren?«

»Aber natürlich«, sagte sie. »Einen Augenblick, bitte.«

Sie ging kurz in ihr Haus und reichte mir dann eine Visitenkarte mit einem Aufdruck in Silber auf schwarzem Grund. ›High Class Escort Service‹ samt Anschrift, E-Mail und Telefonnummer. Doch die kannte ich ja bereits.

»Sie können dort gern anrufen. Aber ich fürchte, das wird Ihnen nicht viel nützen. Die sind sehr diskret. Das ist absolute Voraussetzung in diesem Geschäft.«

»Sicher«, sagte ich. »Aber Begleitservice und Rauschgiftschmuggel sind doch zweierlei.«

Sie hob abwehrend ihre schönen Hände.

»Aber sicher, und wir haben überhaupt nichts mit Rauschgift zu tun. Uns ist es im Vertrag untersagt, Rauschgift zu nehmen oder anzunehmen.«

»Und damit zu handeln?«

»Ich handele mit meinem Körper, der ist für meine Kunden Rauschgift genug«, sagte sie mit einem leicht verärgerten Unterton in der Stimme.

Ich trank meinen Veltliner, der wirklich ausgezeichnet mundete, bedankte mich und gab ihr meine Karte.

»Nichts für ungut«, sagte ich, wobei ich das charmanteste Lächeln aufsetzte, das sich in meinem Repertoire befand.

»Sollte Ihnen noch etwas einfallen, dann rufen Sie mich bitte an.«

Sie nahm die Karte und legte sie auf den Tisch. Dann begleitete sie mich wortlos zur Haustür. Dort reichte sie mir ihre Hand zu einem ehrlichen Händedruck und sagte:

»Ahoi. Ich wünsche Ihnen Glück, und passen Sie auf sich auf.«

Ich bedankte mich, dann zögerte ich, dachte kurz nach und fragte sie: »Treffen Sie Overstolz wieder?«

»Mit Sicherheit nicht.«

»Und warum?«

»Nach Ihrem Besuch ist mir das zu gefährlich. Ahoi.«

Sie nickte mir noch einmal zu, dann schloss sie die Haustür.

Nachdenklich setzte ich mich in Andreas Jaguar und fuhr los. Ich war mir sicher, dass mir Hana Mirka im Zusammenhang mit Oberbürgermeister Overstolz nichts verschwiegen hatte. Ich war mir aber ebenso sicher, dass sie etwas ahnte oder wusste, was die nächtlichen Rauschgifttransporte betraf.

7

Eine Woche nach unserem ergebnislosen Ausflug nach Ústí saß ich morgens in meinem Büro und schaute durch das Fenster in den erfreulich blauen Septemberhimmel. Der Wetterbericht hatte für die ganze Woche ein Hochdruckgebiet angekündigt. Sonne satt. So war schon das ganze Jahr. Viel Sonne mit einigen wenigen Regentagen. Die Azoren samt ihren berühmten Schlecht-Wettergebieten schienen im Atlantik versunken zu sein. Ich liebte Sonne. Der Rest der Welt klagte. Die Bauern und Winzer über die Dürre, die Schädlinge, die Ernteverluste. Die Schiffer über den niedrigen Wasserstand der Elbe. Die Kneipen über zu wenige Besucher und so weiter. Zum Jammern gab es in Meißen immer etwas. Das machte die Stadt ja so herzig. Entweder war es zu kalt oder zu nass oder zu trocken oder zu warm. Kamen zu viele Besucher in die Stadt, klagte man über die unheimliche Arbeitsüberlastung. Kamen zu wenige, weinte man über die schlechten Umsätze. Ich war durch meine Sozialisation gegen solcherart Gefühlswelten gefeit. Ich hatte also nichts zu jammern, schaute aus meinem Fenster auf die schmucklose Industriehalle gegenüber und vertrieb mir meine Zeit, indem ich versuchte in Gedanken, meine Verflossenen auferstehen zu lassen. Ich war gerade bei Rita und ihrem wunderbaren Körper mit den feuerroten Schamhaaren angekommen, als meine Bürotür aufging, ohne dass jemand angeklopft hätte. Die zwei Herrschaften, die in mein Refugium marschierten, machten auf den ersten Blick nicht gerade den Eindruck, zu meiner Klientel zu gehören. Der eine war gut und gerne 1,90 groß und hatte einen über seinen Hemdkragen quellenden Stiernacken. Der Kopf war glatt geschoren, zwei Schweinsaugen sahen mich dümmlich und aggressiv an. Er war ganz in Schwarz gekleidet und hatte Springerstiefel an den Füßen. Auf seinen Händen trug er die üblichen Knasttätowierungen, die gar nicht hübsch aussahen. Sein Kumpan war weitaus kleiner, dafür aber ganz schön untersetzt, um nicht zu sagen: fett. Das Format nannte man ganz früher: Ritter Sport, quadratisch, praktisch, gut. Ob er gut drauf war, sollte sich gleich zeigen. Er trug einen abgetragenen braunen Stoffanzug, kariertes Hemd ohne Krawatte; an den Füßen hatte er diese typischen hellgrauen DDR-Ausgehschuhe. Auf dem nicht vorhandenen Hals saß praktisch direkt auf dem Oberkörper ein kugelrunder Kopf mit gelblichen Stoppelhaaren. Der Mann hatte eine ungesunde, rote Gesichtsfarbe. Die auf seiner Nase tiefrot bis blau durcheinanderpurzelnden Adern erzählten von einem guten Durst.

Er baute sich vor meinem Schreibtisch auf, der Glatzkopf kam hinter ihm zum Stehen. Dann stützte er sich mit seinen feisten Händen auf meiner Schreibtischplatte ab, wahrscheinlich, um beim Vorbeugen nicht umzufallen, und versuchte mit seinen Schweinsäuglein, mit mir Blickkontakt aufzunehmen.

»Du bist Schroeder?«, fragte er mit einer hohen Stimme, die ihm im Eunuchenchor garantiert einen Sopranplatz verschafft hätte.

»Und wenn es so wäre?«

»Nicht frech werden«, quiekte er, und die Glatze schaute mich herausfordernd an. Wahrscheinlich erwarteten die beiden, dass ich mir jetzt vor Angst in die Hosen machen würde. Leider konnte ich ihnen den Gefallen nicht tun.

»Wenn es das jetzt war, dürft ihr zwei wieder abtreten«, sagte ich und drehte mich wieder meiner Fensteraussicht zu.

»Ich hab dir was auszurichten«, quiekte es hinter mir. »Dreh dich gefälligst um, wenn ich mit dir rede.«

»Ich rede aber nicht mit dir. Sag deinen Satz auf und dann macht ihr 'ne Fliege.«

»Du willst unbedingt Ärger, was?«

»Ich will meine Ruhe. Also macht, dass ihr mit der Komödie fertig werdet.«

Der Fette watschelte um meinen Schreibtisch herum, packte mich mit seinen Flossen am Revers und zischte:

»Du steckst deine Nase ab sofort nicht mehr in die Privatangelegenheiten von Oberbürgermeister Overstolz, kapiert?«

Daher wehte der Wind also. Ich hätte es mir fast denken können, da ich ja zurzeit sonst nichts zu tun hatte und keinem auf die Füße trat.

»Und das sollt ihr beiden Clowns mir ausrichten?«

»Vorsicht, Schroeder.«

»Darf ich erfahren, wer euer Auftraggeber ist?«

»Darfst du nicht. Du darfst dich an unsere Anweisung halten, klar?«

»Und wenn ich das nun nicht tue, was dann?«, fragte ich ungehorsam.

»Dann wären wir gezwungen, unserer Forderung Nachdruck zu verleihen.«

»Oho«, meinte ich. »Da bekomme ich ja ganz dolle Angst. Wisst ihr was? Das mit dem Nachdruck sollten wir mal hier und sofort klären.« Ich umfasste seine Handgelenke, schlug ihm meinen Betonkopf auf die Nase und setzte ihm mein Knie schwungvoll zwischen die Beine. Er kippte wie ein nasser Sack vor meine Füße, aus seiner Nase quoll Blut, sonst regte sich erst einmal nichts mehr bei ihm. Ich sprang aus meinem Sessel und katapultierte mich mit einem gekonnten Satz auf die andere Seite des Schreibtisches, so dass ich hinter der Glatze zum Stehen kam. Glatze drehte sich wutschnaubend um, wobei er mir einen Schwinger mit der linken Faust verpassen wollte. Ich duckte mich elegant darunter hinweg und verpasste ihm als Gegenleistung einen trockenen Haken in die Leber, kam mit dem linken Ellenbogen hoch, rammte ihn in seinen Kehlkopf, und als er röchelnd mit beiden Händen an seinen Hals griff, trat ich ihm gezielt zwischen die Beine. Diese Tat bereitete dem unwürdigen Handgemenge ein schnelles Ende. Glatze fiel um wie eine gefällte Tanne.

Ich öffnete in der Zwischenzeit die obere Schublade meines Schreibtisches. Dort holte ich meinen Revolver heraus, entsicherte die Waffe und setzte mich auf die Ecke des Schreibtisches, von der aus ich die beiden Helden im Auge hatte. Bei Schweinchen Schlau kam langsam wieder Leben in die Augen. Er richtete sich mühsam auf die Knie, wollte sich an der Kante des Tisches hochziehen, doch ich klopfte ihm mit dem Revolver auf die Finger und schüttelte mit dem Kopf.

»Schön knien bleiben. Da ihr den Moment verpasst habt, die Fliege zu machen, müsst ihr nun leider bleiben, bis ihr mir verraten habt, wer euch geschickt hat.«

»Das sage ich nicht«, kam es schwerfällig über Schweinchens Lippen.

»Doch, doch, das sagst du mir«, entgegnete ich, um dann aber noch einmal der Glatze mit dem Revolverlauf einen über den Schädel zu ziehen, damit er mich nicht weiter störte. Er streckte sich lang auf meinem Büroboden. Aus der Platzwunde auf seiner Glatze sickerte Blut auf mein schönes Linoleum. Ärgerlich, aber eben nicht zu vermeiden. »Also, wer hat euch geschickt?«, wandte ich mich wieder dem Fetten zu.

Als er mutig seine Lippen aufeinanderpresste, sah ich mich gezwungen, zu einer Methode zu greifen, die wir beim FBI gern als Verhörhilfe eingesetzt hatten. Zugegeben, Nörgler und ewige Gutmenschen könnten das als Folter auslegen. Ich nahm das mal nicht so eng. Ich schnappte mir also seine rechte Pranke und davon den kleinen Finger, den ich sodann mit einer geschickten Handbewegung mitten durchbrach. Mein Besucher schrie gellend auf. Ich musste ihn schon bitten, etwas leiser zu sein, denn nebenan wurden vielleicht gerade Fernsehaufnahmen gemacht. Irgendwie interessierte ihn das nicht, denn er wimmerte weiter in höchsten Tönen.

»Nun denn«, sagte ich mit freundlicher Stimme. »Versuchen wir es noch einmal. Wer hat euch geschickt?«

Der Dicke schüttelte wieder mit dem Kopf.

»Tja, dann nehmen wir mal den Ringfinger«, sagte ich und griff zu.

»Nein, bitte, bitte nicht«, wimmerte er.

»Dann sag mir, was ich wissen will.«

»Wenn ich es sage, bin ich tot.«

»Wenn du es nicht sagst, brauchst du einen, der dir den Arsch abwischt.«

»Die bringen mich um.«

Ich schnappte mir seinen Ringfinger.

»Lassen Sie es, bitte, fragen Sie den Anwalt, ich meine seinen Sekretär.«

»Den hübschen braungebrannten Fiesling?«

»Ja, fragen Sie den, der kann es Ihnen sagen.«

»Hat der euch beauftragt?«

»Der hat uns Geld in einem Umschlag mit der Adresse gegeben.«

»Er ist also nicht der Auftraggeber?«

»Das weiß ich nicht. Fragen Sie ihn.«

»Okay. Und was mache ich jetzt mit euch Hübschen?«

Glatze war noch ohnmächtig. Ich hatte auch nicht die kleinste Lust, mit den beiden weiter Zeit zu verplempern. Die Bullen anrufen, und sie auf diesem Wege entsorgen? Nein, das hätte sinnlose Befragungen nach sich gezogen. Also griff ich mir eine Flasche Mineralwasser und schüttete Glatze den Inhalt über den Kopf, auf dass er wieder zu sich kam. Dann sagte ich zu Schweinchen Schlau:

»Nimm Locke unter den Arm, und dann seht ihr zu, dass ihr verschwindet. Und kommt mir ja nicht mehr in die Quere, kapiert?«

Der Dicke half Glatze beim Aufstehen. Dann humpelten sie aus meinem Büro. Ich schloss hinter ihnen die Tür und sah mich nach einem Aufwischeimer um. Frühsport war mir eigentlich sehr willkommen. Allerdings nicht mit Gestalten wie den beiden von eben. Immerhin hatte ich eine Neuigkeit erfahren. Ich beschloss, zuerst meinen Fußboden zu säubern, dann in der Stadt ein zweites Frühstück einzunehmen, um danach den Herrn Anwaltssekretär etwas näher unter die Lupe zu nehmen.

8

Ich hielt es für eine prima Idee, das gute Wetter zu nutzen. Nach einem leckeren zweiten Frühstück mit Lachs und Rührei ließ ich mein Auto stehen und ging zu Fuß entlang der Elbe bis zu Sonnemanns Kanzlei. Ich setzte mich wieder auf die Bank gegenüber dem Anwaltsgebäude. Die Sonne schien herrlich und wärmte angenehm. Ich hatte ein Buch dabei, Karl Mays *Old Surehand I*. Ich liebte Karl May, seine edlen Helden, ausgerüstet mit einer schier unfassbaren Portion an Toleranz, Schlag- und Treffsicherheit sowie einer Prise guten Humors, der nie auf Kosten anderer ging. In der DDR war es verpönt, Karl May zu lesen. Vielleicht hatte die Partei Angst, dass es zu Verwechslungen mit Karl Marx kommen könnte. Ich hatte ein paar Bände von Verwandten aus dem Westen bekommen und da gehört dieser dazu, den ich schon ein paar Mal gelesen hatte, so dass ich jederzeit aufhören konnte. Das ist unbedingt erforderlich, wenn man sich dem Beschattungsgewerbe zuwendet, wie ich es gerade tat. Ich war gerade an der Stelle angekommen, an der Old Shatterhand mit seinen Gefährten eine verflixt clevere Kaktusfalle austüftelte, in der er die bösen Komantschen gefangen nehmen wollte, als sich drüben die Glastür bewegte und der Herr Anwaltssekretär heraustrat. Er überquerte die Straße und ging an mir vorbei, ohne auch nur einen Blick in meine Richtung zu werfen. Ich klappte meinen *Old Surehand* zu, wartete, bis er den Poetenweg hinuntergegangen war und die B6 erreicht hatte, dann machte ich mich an die Verfolgung. Der Fußweg entlang der B6 ist nicht so gut geeignet, unbemerkt zu bleiben. Aber meine Zielperson war offenbar viel zu sehr mit sich und ihren Gedanken beschäftigt, um mich zu bemerken. In der Altstadt war es ziemlich einfach, unbemerkt zu bleiben. Es wimmelte dort nur so von Touristen, die in Gruppen ihren Stadtführern hinterherwatschelten wie Entenküken ihrer Mama. Meine

Zielperson überquerte den Marktplatz und lief die Burgstraße hinauf, wobei sie zweimal stehen blieb. Einmal schaute sie sich die neue Herrenkollektion im Herren-Modegeschäft mit dem flippigen Namen *Für ihn* an, das andere Mal stoppte sie vor dem Weinladen, der aber noch nicht geöffnet war. Also bog sie in die Schlossberg-Gasse ab und begab sich zum *Winkelkrug*, einer typisch sächsischen Kneipe mit typisch sächsischer Kost. Ich folgte ihm und freute mich, dass er gerade diesen Ort gewählt hatte. Der *Winkelkrug* ist recht verschachtelt gebaut, mit vielen kleinen Nebenräumen. In einem solchen fand ich ihn und setzte mich froh gelaunt zu ihm an den Tisch. Ich kann nicht gerade behaupten, dass die Freude auch auf seiner Seite war. Er sah mir jedenfalls verärgert ins Gesicht, als er sagte:

»Ich habe Sie nicht eingeladen, sich zu mir zu setzen.«

»Ach«, sagte ich. »Das ist doch nicht so schlimm, ich kann mich doch selber setzen.«

»Ich lege keinen Wert auf Ihre Gesellschaft, Schroeder.«

»Sehen Sie«, fuhr ich fröhlich fort, »da haben wir schon das erste Problem. Sie wissen, wer ich bin, aber ich weiß Ihren Namen nicht.«

»Es geht Sie zwar nichts an, aber mein Name ist Götz Urban.«

»Götz, na, das ist doch schon mal was. Ich darf Sie doch Götz nennen, oder?«

»Sie dürfen verschwinden.«

»Ja, das habe ich ja nun schon kapiert, Götz. Ich gehe dann auch gleich, sobald Sie mir berichtet haben, warum Sie mir zwei unfähige Schläger auf den Hals geschickt haben.«

»Was soll ich getan haben?«, fragte Götz mit gespieltem Erstaunen.

»Och, nun mal nicht so auf die Tour. Die zwei Clowns, die heute Morgen in meinem Büro waren, die kamen doch von Ihnen?«

»Ich weiß nicht, was Sie da reden.« Götz blieb standhaft uneinsichtig.

»So kommen wir ja nicht weiter«, murrte ich. »Also fange ich mal ganz von vorn an. Da gibt der Hund von Frau Oberbürgermeister nach Genuss einer Überdosis Crystal seinen Geist auf. Das Zeug hat er offenbar in Herrn Oberbürgermeisters Auto gefressen, mit dem der OB jede zweite Woche nach Ústí fährt, sich mit einer Begleitdame vergnügt und auf der Rückfahrt wie durch Zauberhand den Kofferraum voller Plastiktüten hat, die mitten in der Nacht von seinem Auto in ein Auto umgeladen werden, das auf die Firma Ihres Chefs zugelassen ist. Und dann kommen zwei Clowns, die mir Haue androhen, wenn ich nicht damit aufhöre zu fragen, warum das alles so ist. Und jetzt sind Sie dran, Götz.«

»Ich weiß nicht, was Sie da reden. Für mich ist das Gespräch beendet«, sagte Götz und stand auf, offenbar in der Absicht, zu gehen. Ich stellte mich ihm in den Weg.

»Für mich aber nicht«, sagte ich und zeigte ihm meinen Revolver unter der Jacke. »Hinsetzen.«

Götz gehorchte.

»Das wird Ihnen noch leid tun«, knurrte er mich an.

»Jetzt bestellen wir erst mal lecker Mittagessen«, sagte ich, denn die Bedienung trat an unseren Tisch. Ich orderte die Spezialität des Hauses, den Gallerttopf mit Bratkartoffeln. Dabei handelte es sich um ziemlich schweren Schweinebauch in einer Aspikhülle, zart und angenehm gewürzt. Die Bratkartoffeln kamen hier frisch gemacht auf den Tisch, mit etwas Majoran, Pfeffer und Salz gewürzt. Ein Gedicht! Dazu ein frisch gezapftes Bier, was konnte einem schon Besseres geschehen? Hier gab es nur Meißner Schwerterbräu, aber in der Not frisst der Teufel Fliegen. Götz bestellte sich eine Kraftbrühe und ein Mineralwasser, wie es Asketen eben so tun.

Als die Bedienung gegangen war, sagte er:

»Von mir erfahren Sie nur so viel, dass ich Ihnen anrate, die Sache zu vergessen. Sie sind auf ganz dünnes Eis geraten.«

»Tatsächlich?« Ich blieb unbeteiligt.

»Es sind schon ganz andere Kaliber als Sie aus dieser Welt geschieden, ohne dass sie es für möglich hielten.«

»Dazu bedarf es aber auch anderer Kaliber als die zwei von heute Morgen.«

»Ich kenne keine ›zwei von heute Morgen‹.«

»Mit anderen Worten, Sie sagen mir hier unter vier Augen, dass ich damit rechnen muss, umgenietet zu werden, wenn ich nicht aufhöre zu schnüffeln«, stellte ich fest.

»So ist es. Ah, da kommt ja das Essen!«

Und so war es. Mir schmeckten der Gallerttopf und die Bratkartoffeln trotz der soeben erhaltenen Morddrohung ausgezeichnet. Das Bier, siehe oben, war dann auch alle, und ich hatte keinen Bock mehr auf den wenig auskunftsfreudigen Schnösel mit Namen Götz Urban.

»Na dann, schönen Tag noch. Sagen Sie Ihrem Chef, dass ich nicht so leicht umzubringen bin und dass ich weiter schnüffle. Und sollten Sie einem plötzlichen Sinneswandel anheimfallen, hier meine Karte, rufen Sie an!«

Ich knallte meine Visitenkarte auf den Tisch. Götz zuckte mit den Schultern und schlürfte weiter sein Süppchen, ohne mich überhaupt anzublicken.

Ich zahlte am Tresen. Dann trat ich hinaus in die Sonne. Es war mittlerweile drei Uhr am Nachmittag, und ich hatte keine Lust, heute noch zu arbeiten. Also ging ich die Schlossgasse hoch zum Weinladen, der gerade aufgemacht hatte. Ich setzte mich draußen an eines der Tischchen, bestellte mir eine Flasche Riesling und die Tageszeitung. Dabei überlegte ich, dass es unter Umständen schlau wäre, Andrea in den kommenden Tagen um mich zu haben. Es ist immer besser, dass einem jemand den Rücken deckt, wenn man gerade umgelegt werden soll. Und noch besser ist es, wenn es sich bei der Deckung um einen so ausgezeichneten Schützen wie Andrea handelt.

9

Gegen siebzehn Uhr wurde es doch etwas zu kalt, um weiter draußen zu sitzen. Ich bestellte noch eine Flasche Riesling zum Mitnehmen, bezahlte und wanderte gemütlich durch die Altstadt. Bei Freudenberg kaufte ich einen Wirsingkohl aus regionalem Anbau und eine Tüte Kartoffeln, dazu zwei frisch geräucherte Forellen, ebenfalls aus einem Betrieb in einem Nachbarort.

Gegenüber, in der Fleischerei Richter erwarb ich ein Schnitzel vom Meißner Landschwein, eine wirkliche Delikatesse für alle, die noch nicht auf dem Vegetariertrip waren.

Mein Auto stand wohl noch immer friedlich in der Abendsonne auf seinem Platz auf dem Elbeparkplatz. Ich hatte keine Lust, jetzt über die Brücke zu gehen, um es zu holen. Sollte es dort bis zum Morgen auf mich warten.

Mir war jetzt nach einem leckeren Essen bei mir zu Hause zumute. Ich koche leidenschaftlich gern, schon seit meiner frühen Jugend. Mit dem Kohl und den Kartoffeln hatte ich vor, chinesisches scharfes Gemüse zuzubereiten. Der Gedanke daran machte mir Beine. Ich marschierte frohen Schrittes die Burgstraße hoch bis zu meiner Wohnung, vor deren Tür eine Überraschung auf mich wartete. Die Überraschung hatte mittellanges dunkles, lockiges Haar, ein feingeschnittenes Gesicht und einen unglaublich perfekt geformten Körper, der auf einem Reisekoffer saß. Die Person schaute mich an, und ich glaubte, einen Anflug von Erleichterung in ihren Augen zu lesen.

»Schön, dass Sie endlich kommen«, sagte Hana Mirka. »Ich brauche Ihre Hilfe.«

»Warten Sie schon lange?«, fragte ich.

»Egal. Hauptsache, Sie sind da! Ich ...«

»Kommen Sie erst mal mit rein, da können wir in Ruhe sprechen«, unterbrach ich sie und schloss die Tür auf. Ich hielt sie ihr auf, sie marschierte hinein, ihr Köfferchen stellte sie in meinen Flur.

»Gehen Sie bitte geradeaus ins Wohnzimmer und nehmen Sie Platz«, sagte ich, als ich die Tür hinter mir verschloss.

Meine Wohnung lag im dritten Stock. Sie bestand aus einem Schlafzimmer, einem geräumigen Wohnzimmer mit amerikanischer Küche und dem Bad. Dazu hatte ich einen großzügigen Balkon mit Blick auf die Burg.

Hana setzte sich auf mein Sofa und schlug die Beine übereinander. Da sie heute einen relativ kurzen Rock trug, hatte ich beste Aussicht. Und was ich sah, war in der Tat vorzüglich. Nachdem ich ihren Wunsch nach einem Mineralwasser erfüllt hatte, fragte ich sie, wie sie mich überhaupt gefunden hatte. Die Antwort war einfach, ich hatte ihr schließlich bei meinem Besuch in Ústí meine Karte gegeben – und zwar die mit meiner Privatadresse. Dabei handelte es sich mit großer Wahrscheinlichkeit um eine Freudsche Fehlleistung meinerseits. Ich gab die Karte mit meiner Privatadresse fast niemandem, es sei denn, ich kannte ihn sehr gut.

»Sie müssen mich beschützen«, sagte sie, trank einen Schluck von ihrem Mineralwasser und ließ danach ihre Zunge leicht über die Lippen gleiten. Ein schöner Anblick. »Ich will Sie engagieren«, sagte sie dann, öffnete ihre Handtasche und legte eine Handvoll Hundert-Euro-Scheine auf den Tisch.

»Ist das genug für den Anfang?«, fragte sie.

Ich ignorierte das Geld.

»Warum wollen Sie mich engagieren?«, fragte ich stattdessen.

»Ich habe Angst, ich brauche Schutz.«

»Vor wem? Ist etwas vorgefallen, seit wir uns in Ústí getroffen haben?«

Sie hatte in der Zwischenzeit eine Schachtel Zigaretten aus der Handtasche geholt, hielt sie hoch, als sie mich fragte, ob sie hier rauchen dürfte. Ich verneinte, bot ihr den Balkon an, und wir beide gingen nach draußen.

»Es ist etwas passiert«, sagte sie und inhalierte tief den Rauch der Zigarette. »Eine Kollegin ist spurlos verschwunden, eine, bei der Sie auch gewesen sind. Laska.«

»Laska Hradecká, die letzte Gesellschafterin, die Overstolz hatte. Wieso ist sie verschwunden?«

Hana drückte ihre Zigarette in dem Aschenbecher aus, den ich ihr hingestellt hatte. Dann fuhr sie fort:

»Ich bin ihre Freundin. Wir sind zusammen aus Prag nach Ústí gekommen. Vor zwei Jahren. In Prag haben wir zusammen studiert, Kunstgeschichte und Malerei. Damit kann man auch in Tschechien kein Geld verdienen.«

»Daher also der Berufswechsel«, stellte ich nüchtern fest.

»Jaja. Also, ich war gestern Abend mit Laska verabredet. Wir wollten ins Kino gehen, doch sie ist nicht gekommen. Ich habe versucht, sie anzurufen. Ohne Erfolg. Dann bin ich zu ihrer Wohnung gefahren. Die Tür war nicht verschlossen, aber Laska war nicht da.«

»Haben Sie die Polizei gerufen?«

»Natürlich. Sie haben alles aufgenommen, meine Aussage und so, und dann haben sie mich nach Hause geschickt. Sie kennen mein Haus, es brannte Licht in einem Zimmer. Ich lasse niemals Licht brennen, wenn ich fortgehe. Und als ich vor dem Haus hielt, verlosch das Licht. Ich bin sofort weitergefahren. In die Stadt. Ich wusste nicht, was ich tun sollte, dann sind Sie mir eingefallen. Da bin ich noch in der Nacht nach Deutschland gefahren. Ich habe auf einem Parkplatz bei Pirna im Auto geschlafen. Am nächsten Morgen bin ich nach Pirna gefahren, habe so viel Geld aus einem Automaten gezogen, wie ich konnte, habe mir das Nötigste in einem Kaufhaus gekauft, und dann bin ich nach Meißen gefahren. Doch Sie waren nicht da. Also habe ich gewartet.«

»Den ganzen Tag lang?«

»Was sollte ich machen? Ich habe Angst.«

Ich konnte sie nur zu gut verstehen. Irgendjemand schien in

ihrem Haus auf sie gewartet zu haben. Und dieser Jemand hatte bestimmt nicht die besten Absichten. Doch was wusste sie über das, was sie in Gefahr brachte? Wahrscheinlich war ihr selber nicht klar, was sie so gefährlich machte. Sie hatte nur Angst. Dann sucht man Schutz, und da war sie bei mir eigentlich bei genau dem Richtigen gelandet.

»Okay«, sagte ich. »Ich werde mich um Sie kümmern. Sie bleiben hier bei mir. Hier ist es am sichersten für Sie. Keiner vermutet Sie hier. Ich muss noch einen Freund anrufen, und dann mache ich uns erst mal was zu essen.«

Sie lächelte mich erleichtert an und nahm sich eine neue Zigarette.

»Ist das auch genug Geld?«, fragte sie.

»Denke schon«, antwortete ich. »Ich muss mal eben telefonieren.«

Ich zählte schnell das Geld auf meinem Wohnzimmertisch.

Es waren 2300 Euro.

Das sollte wirklich erst mal reichen, dachte ich und wählte Andreas Nummer. Ich setzte ihn kurz davon in Kenntnis, dass mich jemand umlegen wollte und ich jetzt eine Klientin hatte, die wohl auch jemand umlegen wollte, so dass ich es richtig gut fände, wenn er dafür sorgte, dass uns keiner umlegen konnte. Es sollte ja auch nicht für umsonst sein, und ich bot ihm die Hälfte meines Honorars an. Andrea ließ sich das Angebot präzisieren, und nachdem er meinte, dass dies gerade für ein paar neue Schuhe reichen würde, sagte er zu. Ich sollte mir keine weiteren Gedanken machen. Er wäre da, meinen Rücken und den meiner neuen Klientin zu decken, auch wenn ich ihn dabei nicht sehen könnte. Ich bedankte mich und legte auf.

Hana war mittlerweile wieder in das Wohnzimmer gekommen. Ich machte ihr einen klassischen Martini mit Gin und einer Olive, mir spendierte ich eine Dose Beck's aus dem Kühlschrank.

»Mögen Sie Kohl, chinesisch zubereitet? Mit scharf gebratenem Schweinefleisch. Sie essen doch Fleisch, oder?«

»Gern, soll ich Ihnen helfen?«

»Lassen Sie nur. Sie sind ja sicher hundemüde nach der letzten Nacht. Machen Sie es sich einfach gemütlich und schauen Sie mir zu.«

Sie nickte, und dann schwiegen wir, während ich mich an die Zubereitung des Kohls machte.

Ich schnitt eine frische Schote Peperoni, zwei große Knoblauchzehen und zwei Zwiebeln in feine Streifen, hackte dann alles klein. In meinem Wok erwärmte ich in einem Schuss Sesamöl einen Esslöffel Currypaste, fügte das Kleingehackte hinzu und ließ es eine Weile köcheln. Dann hob ich alles mit einem Holzlöffel aus dem Wok in eine Schale, stellte die Flamme auf höchste Leistung, um das Öl richtig zu erhitzen. In der Zwischenzeit hatte ich mein Schnitzel vom Meißner Landschwein in feine Streifen geschnitten. Die ließ ich nun in dem heißen Öl richtig braun braten. Dann hob ich die Fleischstreifen hinaus, goss das Kleingehackte zurück mitsamt dem feingeschnittenen Kohl und wartete, bis dieser unter ständigem Rühren in sich zusammengefallen war. Er hatte jetzt auch die gelbe Farbe der Currypaste angenommen und sah schon sehr appetitlich aus. Das Ganze löschte ich mit einem Glas Kokosmilch und einem Esslöffel Sojasauce und stellte es zum weiteren Durchziehen auf eine Warmhalteplatte. In einem Topf mit kochendem Wasser ließ ich eine Packung Woknudeln ein paar Minuten ziehen, rührte diese mit dem gebratenen Fleisch unter die Kohlmischung, und fertig war mein Kunstwerk.

Ich hatte einen kleinen Küchentisch, der für zwei gerade ausreichte. Hier deckte ich Teller, Besteck und Stäbchen und zwei Weingläser auf, stellte den Wok in die Mitte. Ich hatte beim Kochen die Dose Beck's getrunken und öffnete nun die Flasche Riesling.

»Fertig«, rief ich. »Kommen Sie, lassen Sie es sich schmecken.«

Und das tat sie ganz offensichtlich mit viel Genuss.

Ich verzichtete beim Essen darauf, sie weiter auszufragen. Sie aß mit Heißhunger, lobte meine Kochkünste in den siebten Himmel, und auch der Wein schien ihr zu schmecken. Sie erzählte von sich, von Prag und ihrer Liebe zur Kunst. Sie war eine gute Erzählerin, und ich hörte ihr gern zu. Nach dem Essen räumte ich den Tisch ab und das Geschirr in die Geschirrspülmaschine. Dann suchte ich im Kühlschrank nach einer weiteren Flasche Wein, wurde aber nicht fündig. Er war gut gefüllt mit Bier, also griff ich mir eine Dose. Vielleicht würde sie noch einen Martini trinken, oder ich müsste schnell in den Supermarkt, neuen Wein holen. Ein Blick auf meine Armbanduhr sagte mir, dass es noch keine zweiundzwanzig Uhr war. Wenn ich mich also beeilte.

All meine Überlegungen wurden hinfällig, als ich aufschaute und sah, dass Hana auf meinem Sofa eingeschlafen war. Ich öffnete meine Dose Beck's, setzte mich ihr gegenüber und betrachtete sie. Sie war wirklich eine sehr schöne Frau. Wie sie da so friedlich lag, einen Arm unter den Kopf gelegt und den anderen auf den Bauch, sah sie aus wie ein Kind, das sich geborgen fühlte.

So soll das auch bleiben, nahm ich mir vor.

Als ich meine Dose leergetrunken hatte, holte ich mir aus dem Schlafzimmer eine Decke und mein Ersatzkopfkissen, drapierte alles erst einmal auf den Sessel. Dann hob ich Hana vorsichtig hoch, wie leicht sie war, und trug sie hinüber ins Schlafzimmer, legte sie in mein Bett und deckte sie zu. Fast hätte ich ihr einen Gute-Nacht-Kuss gegeben. Ich konnte mich gerade soeben noch zurückhalten.

Ich löschte das Licht und schloss die Tür.

Ich genehmigte mir noch zwei weitere Beck's, grübelte vor mich hin und legte mich zum Schlafen auf meine Wohnzimmercouch.

Mitten in der Nacht wurde ich durch ein Geräusch geweckt. Ehe ich ganz klar im Kopf war, wurde meine Zudecke emporgehoben. Ein Körper schlüpfte darunter und presste sich dicht an mich. Es handelte sich um einen außergewöhnlich gut geformten Körper, der zudem völlig unbekleidet war.

Eine Stimme flüsterte in mein Ohr:

»Mir ist kalt, darf ich mich an dir wärmen?«

Mir war gar nicht kalt, und selbstlos wie ich war, gab ich gern etwas von meiner Hitze ab.

10

Ich wachte auf, als mir der Duft von frisch gebrühtem Kaffee durch die Nase zog. Ein Blick auf die Uhr verriet, dass es halb acht war. Ich streckte mich noch einmal ordentlich, dann sprang ich aus dem Bett. Das Sofa im Wohnzimmer war schon gemütlich. Für ganz bestimmte motorische Aktivitäten aber doch ein wenig zu eng.

Ich warf mir meinen Morgenmantel über und folgte dem Kaffeeduft. Hana hantierte in der Küche herum. Sie trug eines meiner XXL-T-Shirts, das ihr wie ein Minirock stand. Als sie mich kommen hörte, kam sie mir entgegengelaufen, warf sich um meinen Hals und gab mir einen Kuss, der es gewaltig in sich hatte.

»Guten Morgen. Gut geschlafen? Ich habe Frühstück gemacht«, sprudelte es aus ihr heraus. Von draußen schien die Sonne freundlich in meine Wohnung und zauberte einen zarten Schimmer auf Hanas schönes Gesicht. Die großen, blauen Augen leuchteten. Darin spielte eine Wärme, die unmöglich gestellt sein konnte. Diese Frau hatte etwas in der Tat Unbeschreibliches an sich. Vorsicht, sagte ich mir. Nicht vergessen, das ist ihr Job! Oder vielleicht in meinem Fall nicht? Vielleicht mochte sie mich. Ich mochte sie auf jeden Fall. Ich setzte mich an den Frühstückstisch und schnappte mir ein frisches Brötchen. Frisch? Stopp mal.

»Wo hast du denn die Brötchen her?«, fragte ich.

»Unten vom Bäcker.«

»Du solltest besser nicht auf der Straße rumspazieren. Jedenfalls vorerst nicht.«

Ihre großen Augen kugelten sich regelrecht vor Erstaunen.

»Du meinst, ich muss hier in der Wohnung bleiben?«

Ich nickte.

»Solange ich nicht genau weiß, ob du in Gefahr bist, ist es wirklich besser, dass du dich nicht sehen lässt.«

»Okay«, sagte sie. »Ich gehorche, du bist der Fachmann.«

Dann bestrich sie ein Brötchen mit biologisch einwandfreier Johannisbeermarmelade von Freudenberg und biss herzhaft hinein. Ich sah ihr so gern beim Essen zu. Belanglos eigentlich. Alltäglich, aber doch hatte sie etwas an sich, das selbst das Brötchenessen zu einem spannenden erotischen Abenteuer machte. Ich sollte mich wohl besser auf mein eigenes Frühstück konzentrieren.

»Darf ich dich was fragen?«, sagte ich.

Sie nickte.

»Du warst wie oft mit Overstolz zusammen?«

»Bist du eifersüchtig?« Als sie das sagte, schaute sie mir direkt in die Augen, und ein schelmisches Grinsen zog über ihr Gesicht.

»Wie?«, fragte ich. »Eifersüchtig. Ich? Warum?«

»Weil wir letzte Nacht miteinander geschlafen haben.«

»Ja und?«

»Ja und, war es schön?« Sie wusste genau, wie schön es gewesen war. Was also sollte die Frage. Und genau das fragte ich sie.

»Weil es auch für mich schön war. Das ist ein Unterschied zur Arbeit, weißt du? Und Overstolz war Arbeit.«

»Und das bedeutet …?«

»Das bedeutet, dass ich mit dir geschlafen habe, weil ich es wollte, weil du mir gefällst, weil ich mich zu dir hingezogen fühle. Und wenn das bei dir auch so ist, wäre es doch okay, wenn du eifersüchtig wärst. Nur so ein kleines bisschen«, lachte sie.

»Ich bin nicht eifersüchtig, auch wenn ich dich mag, sehr sogar.«

»Das ist gut. Ein guter Beginn.«

»Von was?«, fragte ich.

»Ich weiß es noch nicht, aber wir werden es ja sehen.«

Ich trank einen Schluck Kaffee, der sehr gut zu dem warmen Gefühl passte, das sich in meinem Unterleib sammelte und von da in den ganzen Körper ausstrahlte. Dieses Gefühl, das man hat, wenn man nicht weiß, wohin mit seiner Freude am Leben. Ich griff nach ihrer Hand, sie nahm meine und drückte sie leicht.

»Ich mag dich sehr«, flüsterte ich.

»Ich weiß«, antwortete sie.

Ich zog sie zu mir herüber auf meinen Schoß, küsste zärtlich ihren Hals.

»Dir macht es nichts aus, dass ich Prostituierte bin?«

»Nein.«

»Ich schlafe mit fremden Männern.«

»Ich bin Detektiv«, sagte ich. »Und manchmal töte ich fremde Männer.«

»Dann sollte ich aufpassen, dass du nicht wirklich eifersüchtig wirst«, hauchte sie. Sie gab mir einen tiefen Kuss, ihre Zunge spielte in meinem Mund, und mir war ziemlich klar, dass der Kaffee jetzt kalt werden musste.

Später saßen wir auf meinem Balkon in der Sonne, Hana rauchte, ich hatte einen frischen Kaffee gemacht.

»Ich war mehrmals mit Overstolz zusammen«, erzählte sie. »Er war kein guter Liebhaber, zu hastig, zu schnell wollte er immer alles, auch fertig werden. Dazu trank er viel Champagner. Ich musste die Nacht über bei ihm bleiben, wie die anderen Kolleginnen auch. Das machte ihn vielleicht mehr an als der Sex, ich weiß nicht. So wie die geile, schöne Ersatzehefrau im Bett oder so ähnlich. Er schlief immer gleich ein, wenn er sich hingelegt hatte. Er schnarchte nicht – so wie du«, und dabei verpasste sie mir einen kleinen Rippenstoß. »Und einmal bin ich aufgewacht und habe gehört, wie er telefoniert hat.«

»Hast du mitgekriegt, worum es bei dem Telefonat ging?«

»Nein, er hat sehr leise gesprochen. Nur einen Namen hat er genannt, Pavel. Ja, Pavel hat er seinen Gesprächspartner genannt.«

Pavel? Ich kannte einen Pavel aus meiner Zeit beim LKA in Frankfurt. Pavel Ostrowski, ein Pole mit russischem Vater. Pavel kam aus Warschau und versuchte in Frankfurt, Drogen aus dem Osten unterzubringen. Ein abgefeimter Typ, aalglatt. Der rutschte uns immer wieder durch die Finger. Nie war ihm etwas zu beweisen. Gab es mal aussagewillige Zeugen, so waren die plötzlich stumm, hatten keine Erinnerung mehr, oder aber sie waren ganz einfach tot. Pavel Ostrowski. Wie ich jetzt auf den kam? Mit Sicherheit wegen des Crystal und wegen Bubu. Es konnte natürlich auch sonst irgendein Pavel gewesen sein, mit dem Overstolz damals telefoniert hatte. Doch ich wollte auf jeden Fall sichergehen und nahm mir vor, später einen alten Kollegen bei der Drogenfahndung in Frankfurt anzurufen.

»Du kannst dich überhaupt nicht erinnern, um was es in dem Telefonat ging?«, fragte ich Hana noch einmal.

»Nee, ich habe nur den Namen verstanden, sonst nichts. Er hat dann auch bald aufgelegt und ist wieder ins Bett gekommen. Ich habe mich schlafend gestellt.«

»Gut«, sagte ich. »Ich kümmere mich um den Pavel. Jetzt räume ich aber erst mal den Tisch ab, dann ziehe ich mich an und muss in mein Büro. Und du bleibst schön brav hier.«

»Ja, Meister, ich gehorche«, sagte Hana und machte einen tiefen Diener.

Ich kam unbehelligt in mein Büro. Dort war ebenfalls alles, wie es sein sollte. Keiner hatte eingebrochen, keiner lauerte hinter der Tür, kein Sprengsatz detonierte. Dafür war der Briefkasten mit einem Schreiben vom Finanzamt geschmückt, das ich erst einmal auf meinen Schreibtisch legte, zum Ignorieren.

Ich hatte mir vor geraumer Zeit eine Espressomaschine zugelegt, mit der ich mir jetzt einen Doppelten braute, und dabei an Hana dachte. Der Gedanke machte mich glücklich, was eigentlich darauf hinwies, dass ich mich verknallt hatte. Schön, Verknallen gehörte jetzt nicht gerade zu den Dingen, die ich mir so ohne Weiteres durchgehen ließ. Also nannte ich das glückliche Gefühl nicht ›verknallt sein‹, sondern einfach ›glückliches Gefühl‹. Damit kam ich gut zurecht. Der Espresso war fertig und schmeckte so, wie Espresso zu schmecken hat. Ich nippte vorsichtig daran, um mir nicht den Mund zu verbrennen, dann schnappte ich mir den Telefonhörer und wählte eine Frankfurter Nummer.

Es dauerte eine ganze Weile, bis am anderen Ende der Hörer abgenommen wurde und eine unfreundliche Stimme in mein Ohr ein gereiztes »Ja« pustete.

Ich war richtig verbunden.

»Horst, mein Schnuckelpüppchen, es ist immer ein Vergnügen, deine freundliche Stimme zu hören«, säuselte ich in die Muschel, worauf auf der anderen Seite ein Schnauben zu hören war.

»Schroeder, gibt's dich auch noch? Ich hatte dich schon als verschollen abgeschrieben.«

»Horst, du kennst mich doch ...«

»... leider.«

»Unkraut vergeht nicht.«

»Gut zu wissen, dass es dir gut geht. Was willste von mir?« Jetzt, nachdem wir die üblichen Freundlichkeiten ausgetauscht hatten, kamen wir schnell zur Sache. Horst Ganser war in Frankfurt mein Kollege beim LKA, Dezernat Drogen, gewesen. Ein hartgesottener Bursche, maulfaul, unfreundlich, aber unendlich effektiv. Wir mochten uns, sagten es uns aber nie. Horst hatte recht damit, dass wir uns lange nicht mehr kontaktiert hatten. Genau genommen war zwei Jahre lang Sendepause gewesen. Das hatte damit zu tun, dass hier in Meißen die fremdgehenden Männer und Frauen normalerweise keinen Drogenkonsum hatten, und auch meine anderen Kunden, die ich als Privatermittler bediente, im Regelfall clean waren.

Das lag ja nun im vorliegenden Fall anders.

»Pavel Ostrowski«, sagte ich.

»Was ist mit dem?«, fragte Horst.

»Hast du den noch auf dem Schirm?«

»Pavel? Na ja, der war 'ne Weile abgetaucht. Hat nach meinen Informationen sein Geschäftsfeld von Stoff auf Frauenhandel ausgeweitet. War viel in der Ukraine unterwegs. In letzter Zeit soll er aber bei den Tschechen rummachen. Wir haben hier jedenfalls nichts Aktuelles gegen ihn laufen.«

»Bei den Tschechen?«, dachte ich laut. »Das könnte passen. Hast du eine Ahnung, wo der jetzt sein Quartier hat?«

»Nee du, ehrlich nicht. Wir haben hier genug mit den Kurden zu tun, da kann ich mich nicht auch noch um Pavelchen kümmern. In Frankfurt hat der jedenfalls keine Aktien mehr. Du solltest vielleicht besser mal bei meinen Kollegen in Dresden fragen.«

»Och nee«, sagte ich gequält. »Gibt's da wen, der antwortet, wenn man ihn fragt?«

»Bin ich in den Osten gegangen oder du?«, lautete die hämische Antwort.

»Danke für die Blumen. Soll ich wieder nach Frankfurt kommen?«

»Bloß nicht. Hier gibt es schon Nervensägen genug. Bleib mal schön, wo du bist, und ruf Manfred Gläser an. Beim LKA. Sag ihm, ich hätte dich empfohlen, was natürlich gelogen ist. Lad ihn zum Essen ein, griechisch. Ouzo nicht vergessen. Kann sein, dass er dir weiterhilft.«

Er gab mir eine Telefonnummer. Ich bedankte mich, dann war das Telefonat beendet.

Ich war schon immer der Ansicht, dass man nichts liegenlassen sollte. Meine Lebensprämisse lautete »Was du heute kannst besorgen, das verschiebe nicht auf morgen«. Also wählte ich kurz entschlossen die Telefonnummer. Gläser meldete sich fast augenblicklich nach Ertönen des Freizeichens. Ich stellte mich vor. Gläser war verbindlicher, als ich erwartet hatte. Wir verabredeten ein Abendessen beim Griechen *Goldener Ring* in Meißen, und das schon am kommenden Freitag.

11

Ich überlegte, was ich mit dem Rest des Tages anfangen sollte. Den Oberbürgermeister weiter zu beschatten, schien mir nicht besonders sinnvoll. Götz Urban hatte ich schon genug gereizt. In dem Fall musste ich abwarten, ob sich seine Drohung tatsächlich als real herausstellen würde. Ich könnte natürlich noch einmal nach Ústí fahren, die Begleiterinnen aufsuchen, nachschauen, ob es ihnen gut ging, was an den Drohungen dran war, von denen Hana mir erzählt hatte. Ich könnte aber auch ein paar Flaschen Wein und eine Einkaufstasche voll mit Leckereien besorgen, nach Hause fahren und mir mit Hana einen schönen Tag machen.

Als sich meine Bürotür öffnete, ohne dass jemand angeklopft hätte, ließ ich mich vorsichtshalber aus meinem Sessel hinter den Schreibtisch fallen und zog die Smith & Wesson. Unter meinen Schreibtisch hindurch konnte ich die Turnschuhe und die Hose sehen, die zu den Beinen gehörten, die jetzt in meinem Büro standen. Meine Bürotür fiel ins Schloss. Die Schuhe kannte ich. Es handelte sich um ein Paar Wildlederhalbschuhe von Gucci und darin steckte Andrea, der sich jetzt in die Knie beugte und mir frech ins Gesicht grinste.

»Nichts gegen deine Reaktion, noch immer ausgezeichnet. Aber du siehst reichlich bescheuert aus, so wie du da unter deinem Schreibtisch liegst, den Ballermann im Anschlag.«

Ich erhob mich, dann klopfte ich mir den Staub aus den Klamotten.

»Kaffee?«, fragte ich.

»Nee danke, vergiften kannst du dich alleine.«

»Ich habe eine neue Maschine, schon vergessen?«

»Ich trinke nur italienischen Kaffee, handgemacht, schon vergessen?«

Mir war seine Nörgelei egal. Ich schenkte mir eine Tasse

ein und setzte mich wieder hinter meinen Schreibtisch. Andrea nahm einen meiner Besucherstühle und legte die Füße auf meine Schreibtischkante, dann fragte er:

»Gibt es etwas Neues?«

Ich setzte ihn kurz davon in Kenntnis, was sich abgespielt hatte, nachdem ich mit Urban zusammengetroffen war.

Er rieb sich nachdenklich das Kinn, nahm mir die Tasse Kaffee aus der Hand, trank einen Schluck, dann meinte er:

»Die machen also Ernst, wenigstens in Ústí, hm?«

»Sieht so aus. Also, wenn die Geschichte von Hana wahr ist.«

»Hana?«, fragte er und sah mich wieder frech grinsend an. »Hana, die hast du also unter deine schützenden Fittiche genommen? Bei dir in der Wohnung? Darf ich fragen, wo du da jetzt schläfst?«

»Darfst du nicht«, antwortete ich knapp.

»Die Antwort reicht mir aus.«

»Gibt es was von dir, hast du jemanden bemerkt, der vielleicht hinter mir her ist?«

»Bislang nicht. Es sei denn, die wären verdammt gut, aber ich kenne keinen, der so gut ist.«

»Gut«, sagte ich. »Was nicht ist, kann noch werden, wir müssen weiter auf der Hut sein. Hana hat mir einen Namen genannt, einen Namen, den auch du kennst: Pavel.«

Andrea sah belustigt auf.

»Pavel. Doch nicht etwa Pavel Ostrowski?«

Ich nickte.

»Ich nehme an, dass es sich um gerade den handelt.«

»Da liegst du sicher falsch«, erwiderte Andrea.

»Wie kommst du darauf?«, fragte ich.

»Nun, was ich dir jetzt sage, bleibt mehr unter uns als alles andere, ist das klar?«

Ich nickte.

»Okay«, fuhr Andrea fort. »Der Pavel, den wir aus Frankfurt

kennen, ist vor zwei Jahren wieder aufgetaucht. Er hat sich verändert, macht nicht mehr in Drogen, sondern in Frauen.«

»So etwas habe ich auch schon läuten gehört.«

»Was du nicht läuten gehört hast, ist, dass Pavel sich jetzt Paul Schmidt nennt.«

Das war ja wirklich der Hammer. Ich musste vor Überraschung ein paar Mal kräftig durchatmen.

»Paul Schmidt, der Puffkönig von halb Ostdeutschland, für den du die Kanone schwingst?«

»Ganz Ostdeutschland, um genau zu sein. Aber sonst, richtig. Der Paul Schmidt. Und der hat mit Drogen nichts mehr zu tun. Darauf kannst du einen lassen.«

Ich schüttelte belustigt den Kopf.

»Puff ohne Drogen, wo gibt es denn so was?«

»Bei uns. Schmidt hat sich komplett auf das gehobene Segment konzentriert, da gibt es keinen Stoff und kein Crystal oder Ähnliches.«

»Und was macht der saubere Herr Schmidt, wenn er Frauen abgeschrieben hat? Wo reicht er die dann hin? Eine Stufe tiefer in die Billigfickszene, wo es ohne Drogen gar nicht geht?«

Ich wurde ehrlich gesagt sauer. Andrea sah mir eine Weile schweigend in die Augen. Dann sagte er mit ruhiger, aber auch kalter Stimme:

»Wir haben einen Deal, Schroeder, vergiss das nicht. Ich interessiere mich nicht mehr als unbedingt notwendig für deine Kunden, und du machst es ebenso mit meinen Auftraggebern. Das hat in der Vergangenheit immer gut geklappt. So sollte es bleiben.«

Er hatte ja recht. Also nickte ich zustimmend, und er fuhr fort:

»Pavel Ostrowski, der jetzt Paul Schmidt heißt, hat mit dem aktiven Drogenhandel nichts mehr zu tun. Was aber natürlich nicht ausschließt, dass er Bescheid weiß, wer mit wem und wann und warum.«

»Wir sollten ihn also fragen?«

»Du solltest das tun. Ich kümmere mich um einen Termin und Treffpunkt. Der Rest liegt bei dir.«

»Okay. Tu das. Und jetzt schlage ich vor, dass ich schnell beim REWE einkaufe und wir zu mir fahren. Ich koche, du kannst Hana ausfragen, wie es dir beliebt, befriedigst deine Neugier, alles wird gut. Abgemacht?«

Andrea hatte keine weiteren Einwände. Ich ging zu meinem Auto, das ich wie gewohnt auf dem Innenhof des Fabrikgebäudes geparkt hatte.

Ich sah den Mann erst, als er hinter einem Container hervortrat. Er war völlig dunkel gekleidet, trug eine Sonnenbrille und hielt eine Waffe mit Schalldämpfer in der Hand, die er jetzt auf mich richtete. Instinktiv warf ich mich auf den Boden und rollte mich über den Asphalt auf meinen Wagen zu, um dahinter in Deckung gehen zu können. Ich zog meine Waffe, zielte auf die Gestalt, als diese wie von einer unsichtbaren Hand um die eigene Achse geschleudert wurde. Die Waffe fiel ihr aus den Händen, und der Mann brach in die Knie, schrie dabei auf, während er seine linke Hand auf die rechte Schulter presste. Blut rann durch seine Finger. Hinter mir sagte eine eiskalte Stimme: »Fallen lassen.«

Ich wendete mich um. Andrea stand ein paar Meter entfernt im Toreingang und hatte eine Waffe in der linken Hand, die er an die Schläfe eines weiteren Sonnenbrillenträgers presste. Die Waffe in der rechten Hand war noch immer auf den getroffenen Mann vor mir gerichtet. Es war eine Glock mit Schalldämpfer.

»Sieht so aus, als wenn du mich gebraucht hättest, Schroeder.«

»Sieht echt danach aus. Danke«, antwortete ich, erhob mich und schritt auf den Verletzten zu. Der Mann war ganz offenbar unter Schock. Er lag gekrümmt auf dem Boden und wimmerte.

»Guter Schuss. Ich denke, der braucht einen Arzt.«

Andrea hatte die Glock in sein Schulterholster gesteckt. Die andere Waffe immer noch an der Schläfe des stockstocksteif dastehenden Mannes, nahm er dem Kerl die Sonnenbrille von der Nase.

»Wen haben wir denn hier«, sagte er genüsslich. »Wenn das nicht der alte Brendel ist. Na, immer noch auf Mord aus dem Hinterhalt spezialisiert?«

Brendel stand weiter vollkommen still da, als er sagte:

»Bitte nimm die Waffe runter, Andrea. Ich habe ja nicht gewusst, dass du mit dem da ...«, und er blickte auf mich.

»Was jetzt? Der da wird von mir beschützt, vor allem gegen Halunken, wie ihr es seid. Gegen Feiglinge, die auf Hinterhalt geeicht sind, die sich nicht trauen, einem in die Augen zu sehen.«

»Du siehst das falsch, Andrea. Wir sollten ihn ein bisschen erschrecken, mehr nicht.«

Andrea drehte Brendel frontal zu sich herum. Dann drückte er ihm die Mündung der Waffe auf die Stirn.

»Brendel«, sagte er ohne jede Betonung. »Du lügst. Ich mag keine Lügen. Eigentlich bist du schon tot.«

Brendel hatte Angst, richtige Angst. Er machte sich in die Hose, die Pisse lief an den Hosenbeinen hinab auf den Asphalt.

»Und ein Schwein bist du auch noch, pinkelst hier den Hof voll«, meinte Andrea zynisch. »Du sagst mir jetzt sofort, wer euch beauftragt hat, Schroeder umzunieten. Wenn nicht, schieß ich dir den Kopf weg und gehe ohne jeden Gewissensbiss nach Hause.«

Brendel wusste, dass ihm keine Wahl blieb.

»Ich habe ihn nie gesehen. Hat angerufen, nannte sich Urban. Mehr weiß ich wirklich nicht«, sagte er.

»Na also«, meinte Andrea. »Geht doch. Und jetzt nimmst du deinen Kollegen und schaffst ihn zu einem Doktor. Kein Wort zu diesem Urban. Wenn nicht, seid ihr zwei tot, klar?«

Brendel nickte stumm. Andrea steckte die Waffe in die Jackentasche. Dann trat er zu meinem Auto an die Beifahrerseite und sagte:

»Nun mal los, Schroeder, einkaufen. Wir haben hier schon genug Zeit verplempert.«

12

Gegen zweiundzwanzig Uhr verabschiedete sich Andrea. Ich hatte mich in Sachen Kochkunst wieder einmal übertroffen. Das sage ich in aller Bescheidenheit. Es gab Lammkoteletts, zart angebraten, sautiert, wie der Fachmann sagt, leicht rosig im Fleisch, gewürzt mit zerdrücktem, frischem Knoblauch, Rosmarin und buntem Pfeffer. Dazu halbfeste Kartoffeln und frische Bohnen an zerlassener Butter. Wir genehmigten uns zwei Flaschen Rioja Alavesa aus der Bodega Luis Canas, ein durchaus passender Rotwein mit kräftigem, lebendigem Geschmack voller Trüffelaroma. Im Glas kam sein dunkles, leuchtendes Rubinrot hervorragend zur Geltung, und am Gaumen bereitete er zusammen mit dem Essen ein Festival der Sinne.

Unsere Gespräche drehten sich um die angenehmen Dinge des Lebens. Die anstehenden Probleme, die unbeantworteten Fragen, dies alles ließen wir außen vor. Als Andrea uns verließ, wussten wir voneinander, welche Filme und Schauspieler wir liebten, welche Musik wir hörten. Wie es um unsere kulturellen Vorlieben in Sachen Theater und bildender Kunst bestellt war. Es war ein sehr entspannter Abend. Wir hatten viel miteinander gelacht, und irgendwie schien es so, als wären wir schon immer als Freunde zusammen gewesen. Als wären Hana und ich immer schon ein Paar gewesen. Seltsam, dachte ich, und zugleich so schön, wie schon lange nichts mehr schön gewesen war. Wir räumten gemeinsam das schmutzige Geschirr in die Geschirrspülmaschine. Hana durchsuchte mein Schallplattenregal, fand schließlich eine alte Scheibe von Tanika Tikaram und legte sie auf. Ich kaufte mir keine CDs oder lud Musik im Internet runter. Ich fand das entsetzlich. Nicht nur der klinisch reine, seelenlose Klang war es, für den ich so gar nichts an Zuneigung aufbringen konnte. Vielmehr war es das große Ganze. Die verloren gegangene Zeit, die sich in der dreißig mal dreißig Zentimeter großen Hülle und dem schwarzen Rund der Schallplatte für immer am Leben hielt. Die wieder erwachte, wenn die Scheibe zu drehen anfing, und wenn aus den Lautsprechern mitunter ein schwaches Kratzen oder Rauschen daran erinnerte, dass nichts auf dieser Welt perfekt ist, dass nichts sich für immer fehlerfrei, jung und gesund erhält. Dass alles sich dreht, sich verändert und schwindet. Doch solange die Scheibe nicht stillstand und durch den Raum Tanitas *Good Tradition* klang, war alles gut. Ich nahm Hana bei der Hand. Wir setzten uns eng umschlungen auf das Sofa. Ihr Haar duftete ganz leicht nach Zitrone. Als sie mich küsste, ihre Zungenspitze mit meiner spielte, und ihre Hand durch mein Haar strich, klang *Twist in my sobriety* aus den Boxen und damit traf Tanita den Nagel auf den Kopf.

Später lagen wir auf dem Bett in meinem Schlafzimmer. Hanas Kopf ruhte auf meiner linken Schulter, ihre Hand lag auf meinem Bauch. Alles war still. Ich hatte den Schallplattenspieler ausgestellt, das Licht in der ganzen Wohnung gelöscht, und im Schlafzimmer brannte eine dezent heruntergedimmte Lampe, die ein wenig die Original-Lithografie von Picassos Mutter-Kind-Werk *Maternity* bestrahlte. Das weiche, zufriedene Lächeln der Mutter, die ihr Kind an die Brust drückt, hatte es mir immer schon angetan. Als es eines Tages das Bild in einer Internetauktion zu einem für mich vertretbaren Preis zu kaufen gab, tat ich es. Seitdem hängt es in meinem Schlafzimmer gegenüber dem Bett, so dass ich immer auf ihr Lächeln blicken kann.

»Du bekommst noch Geld von mir zurück«, sagte ich.

»Geld, welches Geld meinst du?«, fragte sie.

»Das Geld, das du mir gestern gegeben hast.«

»Aber das ist dein Honorar«, sagte sie bestimmt.

Ich war mir gar nicht sicher, ob ich sagen sollte, was mir auf dem Herzen lag. Und trotz meiner Unsicherheit tat ich es. Ich drückte sie ein wenig enger an mich, als ich flüsterte:

»Hana, ich liebe dich.«

Sie zog den Kopf ein Stück zurück und schaute mir direkt in die Augen, wobei ihr Gesicht einen schelmischen Ausdruck annahm.
»Du liebst mich?«, fragte sie, und ich nickte.
»Du liebst eine Prostituierte?«
»Das hatten wir doch gestern schon.«
»Gestern hast du nur gesagt, dass du mich magst. Das ist aber etwas anderes als Liebe.«
»Stimmt, doch mir ist es völlig schnuppe, dass du eine Prostituierte bist.«
»Ah, gut. Und wenn ich nun wieder mit einem fremden Mann ins Bett gehe, liebst du mich dann immer noch?«
Ich zögerte keine Sekunde, als ich antwortete:
»Aber ja, natürlich. Das ist doch etwas vollkommen anderes.«
»Es ist Sex.«
»Es ist dein Beruf.«
»Und damit könntest du leben?«
»Ja, warum denn nicht?«
Hana schüttelte leicht den Kopf. Ihre Haare flogen ein wenig hin und her und kitzelten meine Nase.
»Das ist verrückt«, sagte sie.
»Was ist verrückt?«
»Wenn du mich wirklich so sehr liebtest – das ist verrückt. Ich denke, das wäre dann die wahre Liebe.«
»Ja – und?«
»Warten wir es einmal ab, bis es so weit ist. Noch bin ich hier, liege in deinem Arm, in deinem Bett. Du bist mein Beschützer. Bis das vorbei ist, behalte schön das Geld. Und wenn ich dann wieder zu Hause bin und meinem Beruf nachgehe und du mich dann immer noch liebst, dann können wir das Geld, wie sagt ihr in Deutschland? ›Auf den Kopf hauen.‹ Ist das okay?«
Und ob das okay war. Ich gab ihr zur Bestätigung einen dicken Kuss, und sie gab ihn mir zurück, und Picassos *Maternity* lächelte dazu.

13

Dresden musste vor dem Bombardement im Februar 1945 eine sehr schöne Stadt gewesen sein. Davon zeugten die erhaltenen und wiederhergestellten historischen Gebäude wie die Semperoper, das Schloss, der Zwinger und letztendlich auch die Frauenkirche, obgleich mir lieber gewesen wäre, dass man die Kirche nicht wieder errichtet hätte. Was kann denn mehr ein Fingerzeig Gottes sein als der Zusammensturz der Kirche am Tag nach dem Bombardement. Als praktisch alles schon vorbei war. Als die Überlebenden in Schutt und Asche nach ihren Verwandten und Freunden suchten und die Leichenberge am Straßenrand sich hoch in den von Asche verhüllten Himmel wölbten. Und dann steht da diese mächtige Kirche anscheinend unversehrt. Und von einer Sekunde auf die andere stürzt sie in sich zusammen, einer göttlichen Mahnung gleich. Doch der Mensch lässt sich nicht mahnen. Seit jeher hat er dem Schicksal die Stirn geboten. Hat immer schon den Beweis anzutreten versucht, dass er Gott trotzen kann. Dabei hat er natürlich vergessen, wie der Turmbau zu Babel ihn entzweite oder wie Noah auserwählt wurde, als einziger dem Zorn Gottes zu entgehen und der Welt und letztlich dem Menschen eine neue Chance zu eröffnen. Wie viele tausend Jahre mag es gedauert haben, in denen sich Gott das Treiben der Menschen ansah, bis sein Ärger so weit angeschwollen war, dass er dem Treiben ein sintflutartiges Ende bereiten wollte? Und wie viele Jahre mag es von heute ab dauern, bis ihm wieder, oder gar endgültig, der Kragen platzt? Wer weiß das schon?

Fährt man über die Augustusbrücke, blickt man linkerhand auf die imposante Kulisse des Terrassenufers und denkt spontan an London, den Buckingham Palast oder an Budapest und die Buda-Burg. Der Unterschied besteht ganz einfach darin, dass hinter der prächtigen Dresdner Uferkulisse nichts annähernd Gleichwertiges zu finden ist. Als wären die historischen Bauten entlang der Elbe ein Potemkinsches Dorf, das allein dem Zweck dient, Geist und Sinne zu verwirren, den Gast in die Stadt zu locken, um dort in langweiligen, modern aufgepeppten Einkaufstempeln rechts und links der Prager Straße zu eben jener Blödheit zu degenerieren, die heutzutage den Zeitgeist erfüllt. Die man früher als Dekadenz bezeichnete, und der schon ganz andere Kulturen zum Opfer gefallen sind als die unsere.

Genau da musste ich nun hinein, um mich mit Paul Schmidt zu treffen. Er hatte sich als Treffpunkt sein Lieblingslokal in der Münzgasse ausgesucht. Es handelte sich um eines dieser typischen Tapas-Restaurants für Touristen. Für unseren Zweck hatte es allerdings gleich zwei Vorteile. Der eine bestand darin, dass es über ein separates Hinterzimmer verfügte, der andere, dass es Paul Schmidt selber gehörte. Es war gegen vierzehn Uhr, als ich eintraf. Das Restaurant war brechend voll. Selbst draußen standen die Tische noch, und die recht laue Septemberluft wurde durch Wärmepilze noch angeheizt, damit es den Gästen schön kuschelig war. Es war zu vermuten, dass dem Personal ein Passfoto von mir bekannt war, denn ich wurde bereits an der Eingangstür von einer feschen Señorita abgefangen. Mit unbewegtem Gesicht führte sie mich durch das vollbesetzte Lokal. Zwischen der Damen- und der Herrentoilette befand sich eine Tür, die sie öffnete, um mich eintreten zu lassen. Es handelte sich um einen kleinen Raum mit einem gedeckten Tisch in der Mitte. Auf einem roten Tischtuch standen diverse Tapas, ein Korb mit Brot, Oliven, eine Karaffe Wein sowie Gläser und Besteck. Eine Kerze hüllte alles in warmes Licht. An dem Tisch saß, das Gesicht zur Tür gewandt, mein alter Bekannter Pavel Ostrowski. Neben der Tür lehnte Andrea an der Wand, sein Gesicht zeigte keinerlei Regung, als ich den Raum betrat.

Pavel trank einen Schluck Wein. Dann wischte er sich die wülstigen Lippen mit einer roten Serviette ab und machte eine einladende Handbewegung.

»Schroeder, alter Freund, lange nicht gesehen. Setz dich und bediene dich«, sagte er mit seiner immer einer Nuance zu lauten Stimme. Pavel Ostrowski war ein kleiner, dicker Mann. Vielleicht gerade einmal 1,65 groß. Sein Kopf war kugelrund, und wo vor ein paar Jahren noch ein flachsgelber, einer Perücke ähnelnder Schopf zu finden gewesen war, befanden sich jetzt noch ein paar Haarsträne, die kunstvoll von rechts nach links über den ansonsten kahlen Schädel drapiert waren. Unter kräftigen Augenbrauen saßen große, dunkelbraune Augen, die immer zu lachen schienen. Gerade dieser Umstand machte Pavel so gefährlich. Nie wusste man, woran man mit ihm war. Das Prachtstück seines Gesichtes war die Knollennase, unter der diese Genusslippen angesiedelt waren. Pavel war nicht fett, er war dick. Aber nichts an ihm schwabbelte oder wirkte abstoßend und hässlich. Er war ein kleiner, dicker, gemütlicher Typ mit einer großen Mörderseele.

Ich setzte mich ihm gegenüber, nahm mir ein Stück weißes Brot und lud mir ein paar Sardinen und etwas Chorizo auf den Teller.

»Lass es dir schmecken, Schroeder«, sagte er freundschaftlich. »Lange nicht gesehen. Habe mich schon gefragt, was aus dir geworden ist, nachdem du aus Frankfurt weg warst.«

»Wenn du solche Sehnsucht nach mir hattest, hättest du doch bloß Andrea zu fragen brauchen«, antwortete ich.

»Stimmt ja«, seufzte er, als habe er bis eben vergessen, dass der Schießer in seinen Diensten mein Freund war. »Lassen wir Andrea aus dem Spiel, okay?«

Ich nickte.

»Um es kurz zu machen, Schroeder, was willst du?«

Ich aß eine der vorzüglichen Sardinen und gönnte mir eine grüne Olive und einen Schluck Rotwein, bevor ich sagte:

»Habe gehört, dass du nicht mehr in Drogen machst.«

»Drogen«, stieß Pavel angewidert hervor. »Drogen, das ist doch ungesetzlich und sollte verboten werden.«

»Das war schon verboten, als du noch der Drogenkönig von Sachsenhausen warst«, erwiderte ich lächelnd.

»Ach Schroeder«, sagte er mit einer wegwerfenden Geste. »Jugendsünden. Lange her, längst vergessen und verjährt. Meine Hände sind sauber, sieh her.«

Und er hielt mir seine linke Hand mit den manikürten Fingernägeln und dem Brillantring am kleinen Finger hin.

»Ist ja Bombe, Pavel. Aber lass den Quatsch. Du machst nicht mehr in Drogen, du machst jetzt in Frauen, wie ich läuten gehört habe.«

»Du musst auch nicht alles glauben, was man dir so erzählt. Ich bin ein seriöser Geschäftsmann. Betreibe Restaurants und Hotels. Sehr erfolgreich. Wusstest du, dass mir hier um die Ecke der *Dresdner Hof* gehört?«

Der *Dresdner Hof* war eines dieser neu aus dem Boden gestampften Vier-Sterne-Hotels in Stahl und italienischem Marmor, mit Wellness-Bereich im Keller und Zimmerpreisen von fünfhundert Euro aufwärts für eine Nacht.

»Glückwunsch«, sagte ich. »Was muss ich so für einen Begleitservice auf den Tisch legen?«

»Für dich umsonst, mein Freund«, lächelte er und tätschelte meine Hand.

»Danke, weiß dein Angebot zu schätzen. Aber deswegen bin ich nicht hier. Ich brauche Informationen, mein Guter, Insiderwissen, wie nur du es haben kannst.«

Und ich erzählte ihm die ganze Geschichte mit Bubu und dem Crystal und dem Bürgermeister und dem Götz und seinen bösen Buben. Als ich mit meinem Vortrag zu Ende war, wischte sich Pavel noch einmal seine Lippen mit der Serviette. Dann lehnte er sich in seinem Stuhl zurück, das Glas Rotwein lässig in der linken Hand schwenkend, und blickte mich irgendwie belustigt an.

»Schroeder, der Meister im Wespennest-Einstechen«, meinte er vergnüglich.

»Und weiter?«

»Sieh mal, mein lieber Schroeder, Crystal ist die Droge der Gegenwart. Jeder nimmt sie, um gut drauf zu sein. Schüler ebenso wie ihre Lehrer, Kinder wie ihre Eltern. Alle sind heutzutage immer so gestresst. Wissen nicht, was sie mit sich anfangen sollen in der Zeit zwischen einem Event und dem anderen. Und das Leben ist ein Event. Weil alles nichts mehr wert ist. Dein Schulabschluss, ein Event, dein Beruf, deine Ehe, alles ein Event. Nirgendwo mehr Werte, an denen du dich ausrichten kannst, ja musst. Alles ist im Strudel, der dreht sich immer schneller, du drehst immer schneller mit. Da braucht man ein Mittelchen für die Seele, das einen auffrischt, das Mut macht und nicht teuer ist. Crystal ist das Lösungswort. Und die Tschechen stellen es tonnenweise her. Nur muss man es über die Grenze bekommen.«

»Was ist denn daran neu?«, fragte ich etwas genervt. Heroin und LSD mussten auch geschmuggelt werden und waren nicht frei bei Aldi und Lidl erhältlich.

»Nichts ist neu, alles war schon immer so. Dein Oberbürgermeister ist eine neue Nummer. Intelligent, wer fragt schon einen bekannten Oberbürgermeister danach, was er in seinem Kofferraum transportiert.«

»Fragt sich nur, ob er es wissentlich macht oder benutzt wird.«

»Genau, und woher soll ich das wissen?«

Pavel goss uns beiden etwas Rotwein nach. Wir tranken.

»Die Frauen, die er in Ústí hat, wo kommen die her?«, fragte ich dann.

»Von mir sind die nicht. Ich kenne keine Hana Mirka. Und auch die anderen Namen sagen mir nichts. Ich müsste da mal rumfragen.«

»Und, würdest du das machen?«

Pavel schob die Unterlippe nach vorn und zupfte mit den Fingern der rechten Hand daran eine Weile herum.

»Was habe ich davon, hmm?«, fragte er mich dann.

»Sagen wir mal, egal was kommt, ich lasse deinen Namen bei den Bullen außen vor«, schlug ich vor.

»Ich könnte dich auch gleich erschießen lassen«, erwiderte Pavel.

»Das wär nicht besonders freundlich von dir, so unter alten Freunden«, meinte ich.

»Deine Hana hat keinen Zuhälter, sagst du?«, fragte er unvermittelt.

»Wieso fragst du?«

»Na, es gibt nicht viele unabhängige Begleitdamen. Die meisten haben einen Zuhälter.«

»Sie arbeitet frei für eine Agentur in Prag, das habe ich dir schon erzählt. Warte mal, ich glaube, ich habe die Karte der Agentur sogar dabei.«

Ich schaute in meiner Börse nach und tatsächlich, da steckte sie. Ich reichte sie Pavel.

»Ah«, stieß er aus. »High Class Service, Anastasia Petrowna. Hahaha, die alte Schlange. Kenne ich, russischer Mafiaadel. Von wegen, unabhängig.«

»Okay, danke für die Neuigkeit.«

»Keine Ursache. Es ist ja immer gut zu wissen, mit wem man es zu tun hat, damit man hinterher weiß, wer einen umgebracht hat, hahaha.«

»Noch einmal, Pavel, besorgst du mir den Namen dessen oder derjenigen, die hinter dem Crystaldeal in Ústí stecken oder nicht?«

»Mal sehen. Weißt du, dein Gegenangebot ist Scheiße. Aber ich mag dich. Und das hier ist auch gut«, sagte er und tippte auf der Visitenkarte herum. »Geschäftlich hoch interessant. Du hörst von mir, Schroeder. Und jetzt verschwinde.«

Die Audienz war beendet. Pavels Augen zwinkerten zwar immer noch freundlich, doch in ihrem Innersten brannte ein Licht, das kalt hinter dem Lächeln strahlte.

»Ciao, Pavel«, sagte ich und erhob mich von meinem Stuhl.

Andrea öffnete mir die Tür und ließ mich durch. Da mich niemand erwartete, suchte und fand ich allein den Ausgang des Restaurants. Hatte das Zusammentreffen etwas Gutes bewirkt? Oder hatte ich wirklich meine Nase zu tief in ein Wespennest gesteckt? Könnte sich eine negative Auswirkung für Hana aus dem Treffen ergeben? Viele Fragen, keine Antwort.

Ich holte mein Auto aus der Tiefgarage und fuhr zurück nach Meißen.

14

Nachdem ich auf einen Sprung in meinem Büro vorbeigeschaut hatte, um die Post in den Papierkorb zu werfen und den Telefonanrufbeantworter abzuhören, fuhr ich direkt zu mir nach Hause. Der Tag neigte sich schon wieder dem Abend zu. Die Zeit lief einfach viel zu schnell dahin. Seltsam, schon meine Eltern hatten behauptet, dass mit dem Alter alles viel schneller dahinflösse. Dass die Jahre wie Nichts an einem vorbeiflögen. Ich hatte das für puren Unsinn gehalten. Mir hatte es stets zu lange gedauert, bis mein nächster Geburtstag da war, oder Weihnachten, oder der Sommerurlaub. Im Rückblick erschien mir die Zeit meines Studiums unendlich lang. Was war nur alles in den vier Jahren geschehen, das passte heute nicht mehr in ein Jahrzehnt! Glaubte ich. Dabei war ich erst Mitte vierzig. Wie sollte das mit Mitte fünfzig oder gar sechzig sein? Ich wollte lieber nicht daran denken. Die Burggasse hatte sich bereits wieder geleert. Es war ja schon fast achtzehn Uhr. Da waren die Busse mit den Touristen längst in Richtung Dresden davongefahren. Dorthin, wo die Besucher in ihre Hotels schlüpften. In Meißen gab es auch jede Menge Hotels, aber sonst eben nichts. Und wer übernachtet schon gern in einer Geisterstadt, in der man sich nach achtzehn Uhr die Ellenbogen an den hochgeklappten Bürgersteigen verletzen konnte? Ich liebte diese Ruhe. Ganz Meißen ein Lesesaal, ganz still. Vielleicht hatte dieser Umstand vor ein paar Jahren dazu geführt, dass ein findiger Marketingmann in Meißen ein Literaturfest auf die Beine stellte. Nicht, dass Meißen geradezu von Autoren überlief. Goethe hatte hier mal eine Nacht geschlafen, und Lessing die Schulbank gedrückt. Novalis hatte im Totenhäuschen oberhalb Siebeneichens traurig romantische Gedanken fabriziert und in ebensolche Reime verfrachtet. Aber diese Herrschaften sind schon lange nicht mehr. Aktuell hatte Meißen jedenfalls keinen Schreiberling von herausragender Größe. Aber auf einem Literaturfest wird ja auch nicht geschrieben, sondern gelesen. Und da war die große Stille eines Lesesaals mehr als nur willkommen. Ich überlegte mir, ob ich es wagen könnte, mit Hana die Wohnung zu verlassen, einen Bummel durch die Gassen zu unternehmen und am Ende in der *Fuchshöhl* zu Abend zu essen. Warum eigentlich nicht. Ich konnte mir nicht vorstellen, dass Freund Götz nach dem zweimaligen Desaster ausgerechnet heute einen dritten Versuch gegen mich unternehmen würde. Und Hanas Häscher waren garantiert noch in Ústí unterwegs. Und sollten beide zum selben Team gehören, dann war es am Ende auch egal, wann und wo sie auftauchten.

Hana saß glücklich auf dem Balkon und rauchte eine Zigarette. Noch glücklicher war sie, als sie meinen Vorschlag gehört hatte. Sie sprang nur noch einmal schnell unter die Dusche und kam nach einer guten halben Stunde chic angezogen aus meinem Schlafzimmer. Sie trug eine hautenge ausgewaschene Jeans, ein schwarzes T-Shirt mit V-Ausschnitt und somit guter Aussicht. Darüber hatte sie eine kurze weiße Lederjacke gezogen. Sie hatte schwarze Sandaletten an und keine Strümpfe. Ihr Haar floss in Locken um ihr Gesicht, das sie wie immer ausgesprochen dezent geschminkt hatte. Gerade genug, um ihre leuchtenden Augen noch ein wenig größer erscheinen zu lassen. Sie gab mir einen Kuss auf die Wange, hakte sich bei mir unter und sagte fröhlich:
»Auf geht's!«

Die Luft war noch angenehm warm. Wir bummelten Hand in Hand durch das abendlich vollkommen beruhigte Meißen. Über den Marktplatz an der Frauenkirche vorbei, hinein in die Rosengasse und dann das Gässchen hoch zur Freiheit. Je höher man kam, desto schöner war der Blick über die mittelalterliche Dacharchitektur Meißens. Darüber thronte der Dom im sanften Blau des frühen Abends. Kein Wunder, dass Ludwig Richter von der Romantik der

Stadt begeistert gewesen war. Kein Wunder, dass wir ab und zu stehen blieben, um uns zu küssen. Meißen ist das ideale Pflaster für Jungverliebte. Einmalig romantisch. Und diese Ruhe. Wir hätten knutschen können, bis der Arzt kommt. Wir hätten mit Sicherheit auch alles andere tun können, ohne gestört zu werden. Wir taten es nicht und bummelten weiter, am Prälatenhaus die steile Treppe der Roten Stufen hinunter auf den kleinen Platz, an dem die *Fuchshöhl* lag. Heute, an diesem herrlichen Donnerstagabend, war auch in dem Lokal nicht viel los. Wir nahmen einen Tisch im hinteren Gärtchen. Ich bestellte mir ein großes Glas frisch gezapftes Zwickel, und Hana fragte nach einem Gin Tonic. Das Studium der Karte nahm nicht so viel Zeit in Anspruch. Hana sagte, dass sie sich auf mein Urteil verließe. So bestellte ich als Vorspeise eine gemischte Pakora-Platte mit Samosa und zweimal Raan mit dem herrlichen Joghurt-Dipp aus eigener Herstellung, als Hauptspeise Lamm Palak, ein unvergleichliches Lammgericht mit frischem Blattspinat nach indischer Machart an Reis.

Auf die Vorspeise brauchten wir nicht lange zu warten. Die Samosa, hausgemachte Maultaschen mit einer Kartoffelfüllung, war meine absolute Lieblingsvorspeise. Und so aßen wir fast schweigend. Nishan Multani, der Besitzer des Lokals, kam kurz an unseren Tisch. Ich stellte ihm Hana vor und nach dem üblichen Geplänkel, das allein der Steigerung des Wohlempfindens beim Gast dient, ließ er uns wieder allein.

Wir verzichteten auf eine Nachspeise. Stattdessen bestellte ich Hana ein Glas Champagner und mir ein weiteres Bier. So lauschig die Stimmung hier im Gärtchen auch war, ich musste sie jetzt einfach etwas intensiver ausfragen. Mir war schon klar, dass das zu einer Verstimmung zwischen uns führen könnte. Ich hoffte es wirklich nicht, doch wer konnte schon wissen, wie eine Frau reagiert, die man gerade einmal zwei Tage und drei Nächte kennt, wenn man ihr unterstellt, mit der russischen Mafia unter einer Decke zu stecken. Sei es drum, dachte ich und sagte:

»Hana, ich muss wissen, wie eng du an deine Agentur ›High Class Escort Service‹ gebunden bist.«

Sie sah mich geradezu entgeistert an.

»Warum ist das wichtig?«

»Weil ich wissen will, ob du von deiner Agentur abhängig bist.«

Sie lachte kurz auf.

»Aber ja, natürlich bin ich von der Agentur abhängig. Sie besorgt mir meine Aufträge.«

Ich schüttelte mit dem Kopf.

»Nein, nein, so habe ich das nicht gemeint. Ich will wissen, ob sie dich in der Hand haben.«

»Wer?«

»Na komm, deine Agentur, wer sonst. Deine Agentur ist russische Mafia.«

Hana prustete vor Lachen, so laut und heftig lachte sie, dass ihr beinahe das Champagnerglas aus der Hand fiel.

»Russische Mafia! Das ist ein guter Witz.«

»Das ist kein Witz. Stimmt es, dass die Agentur einer Anastasia Petrowna gehört?«

»Ja, Nasti ist eine gute Freundin von mir. Wir kennen uns seit vielen Jahren.«

»Petrowna ist Mafia.«

»Blödsinn.«

Hana wurde schlagartig ernst. Offenbar war ihr jetzt erst klar, in welche Richtung sich unser Gespräch entwickelte.

»Kein Blödsinn. Anastasia Petrowna kommt aus dem Moskauer Petrowna-Clan. Sie ist die Nichte von Wladimir Petrowna, dessen Clan eine führende Rolle in der russischen Mafia-Struktur innehat. Drogen, Waffen, Frauenhandel, alles, was du willst. Und Anastasia managt seine Unternehmungen in Tschechien, Polen und der Slowakei.«

Hana starrte mich wie einen Geist an.

»Das ist doch Quatsch«, sagte sie, wie nach Worten ringend.
»Nein, das ist es leider nicht.«
»Woher willst du das denn wissen?«
»Ich weiß es, das sollte dir fürs Erste reichen.«
»Das tut es nicht«, antwortete sie heftig. »Wenn du mich liebst – wenn du mich liebst«, und ihre Betonung lag auf wenn, »dann sagst du mir die Wahrheit und spielst nicht mit mir herum.«

Sie hatte ja recht. Wahrscheinlich war es der größte Unsinn, ihr mehr von mir zu erzählen als das, was sie wusste. Für sie war ich der charmante Kleinstadtdetektiv. Wenn sie Dreck am Stecken hatte, wenn sie zu der Organisation gehörte, dann war ich es, mit dem hier gespielt wurde. Doch ihre großen Augen blickten wie immer unschuldig, und ich wollte mir einfach nicht vorstellen, dass sie mir ein Schauspiel bot. Wozu auch? Was hätte die Organisation davon? Nun ja, sie erfuhr auf die Tour, was ich über Overstolz und Co in Erfahrung gebracht hatte. Und das war ja herzlich wenig. Ich wusste ja noch nicht einmal, wie Overstolz mit Götz Urban zusammenhing. Geschweige denn wusste ich, ob Overstolz seine Hände mit im Spiel hatte oder nicht, viel mehr war als ein notgeiler Bock, der als trojanisches Pferd benutzt wurde. Was konnte es also schaden, wenn ich Hana ein Stückchen mehr von mir preisgab.

»Hana, ich spiele nicht mit dir. Aber wir wissen ja auch noch so gut wie nichts übereinander.«

»Dann erzähl mir von dir – und ich erzähl dir von mir. Und vertraue mir. Ohne Vertrauen kann keine Liebe wachsen und halten.«

Ich griff nach ihrer Hand, die auf dem Tisch lag, und drückte sie. Und sie drückte zurück. Wir hielten uns weiter bei den Händen, als ich sagte:

»Ich war nicht immer Privatermittler in diesem kleinen Nest. Ich war lange Zeit beim LKA, Sonderermittler für internationale Drogengeschäfte. Sieben Jahre war ich dort. Ich war so etwas wie ein Spezialist mit sehr vielen Undercover-Einsätzen. Ich kenne also viele Leute auf beiden Seiten. Und ich habe Freunde auf beiden Seiten, verstehst du?«

»Andrea?«

»Ja, Andrea. Er ist mein bester Freund, vielleicht mein einziger. Ich weiß, dass er für Geld tötet. Es interessiert mich nicht. Wir haben uns von Anfang an respektiert. Wir betreten nicht das Terrain des anderen. Oder anders ausgedrückt, ich betrete nicht sein Terrain, wenn er es nicht billigt. Gestern habe ich es betreten.«

»Wo bist du gewesen?«

»In Dresden. Bei Andreas Boss, wenn man das Verhältnis so bezeichnen will. Eigentlich hat Andrea keinen Boss. Er arbeitet halt für diesen Mann schon sehr lange. Und dieser Mann heißt Pavel.«

Erschrocken zog sie ihre Hand zurück, um sie dann gleich wieder in die meine zu legen.

»Pavel? Ist es der Pavel? Der von Overstolz?«

»Das glaube ich ehrlich gesagt nicht. Es ist unser alter Pavel Ostrowski, der Drogenkönig von Warschau. Ist mir in Frankfurt mehrfach über den Weg gelaufen, praktisch ständig, als er versuchte, die Kontrolle im Kiez an sich zu reißen. Er hatte einen prima Schießer dabei, Andrea. Andrea hat bei unserer ersten Begegnung anstatt ›Hallo‹ zu sagen, auf mich geschossen. Und ich habe zurückgeschossen. Oder sagen wir besser, wir haben gleichzeitig geschossen.«

Ich musste unwillkürlich grinsen, als ich diese Episode aus meinem Leben erzählte.

»Hat er dich nicht getroffen?«, fragte Hana.

»Wo denkst du hin. Andrea schießt nie vorbei.«

»Und du?«

»Ich auch nicht. Er hatte mich in der rechten Schulter erwischt. Glatter Durchschuss. Und ich hatte ihn auch in der rechten Schulter erwischt. Da lagen wir nun im Schock auf der finsteren Seitenstraße in Sachsenhausen, bluteten wie die Schweine und es regnete in Strömen.«

»Wie ging es dann weiter?«

»Na, als wir uns langsam von der Schockwirkung erholt hatten, haben wir uns gegenseitig die Wunden verbunden. Dann hat er mich zu einem ihrer Schattenärzte gebracht, der hat uns beide zusammengeflickt, wobei wir eine Flasche Bourbon leergemacht haben. Am Ende waren wir beide so besoffen, dass wir uns immerzu gegenseitig versicherten, wie gut der jeweils andere schießen könnte, und dass wir uns bei allem, was uns heilig war, schworen, es nie wieder aufeinander anzulegen. Und dabei ist es geblieben.«

Ich trank mein Bier leer und signalisierte der Bedienung, mir ein neues zu bringen. Hana nippte nur an ihrem Champagner, der bestimmt schon schal wurde.

»Pavel Ostrowski nennt sich heute Paul Schmidt, schon mal gehört?«

Sie schüttelte mit dem Kopf. Mein frisches Bier wurde gebracht, ich nahm einen ordentlichen Schluck, ehe ich fortfuhr.

Hana schüttelte wieder ihren Kopf.

»Paul Schmidt ist der ungekrönte Puffkönig in Ostdeutschland. Aber er spielt in der Champions League, verstehst du, keine Billigszene. Alles High Class Escort Service. Deine Liga. Natürlich kennt er Anastasia Petrowna. Und du willst wirklich überhaupt keine Ahnung von der Konstellation haben, die hinter deiner Agentur steckt?«

»Nein, das musst du mir glauben. Ich habe Nasti während meines Studiums kennen gelernt. Sie interessierte sich für Malerei, fand Gefallen an meinen Bildern. Aber sie hatte auch kein Geld. Wie wir alle. Dann hatte sie die Idee mit dem Escort Service und fragte mich, ob das was für mich sein könnte. Ich habe es dann mal ausprobiert. Und, weißt du, es gab jede Menge Geld für wenig Arbeit. Da bin ich dabei geblieben. Die Agentur ist rasant gewachsen, aber das lag an den guten Geschäften, denke ich.«

»Kennst du andere Frauen, die für die Agentur arbeiten?«

»Ein paar, Laska zum Beispiel. Doch eigentlich ist es ein Prinzip, dass jede für sich allein arbeitet.«

Ich dachte eine Weile über das Gesagte nach. Dabei trank ich mein Bier aus und bestellte noch eines. Angenommen es verhielte sich so, wie Hana sagte, und warum sollte ich ihr nicht glauben, wo wir doch gegenseitiges Vertrauen schenken wollten? Also, angenommen es verhielte sich so, dann hatte sich Anastasia Petrowna ein verdammt intelligentes System ausgedacht. Jede Frau arbeitete individuell und konnte so nach ihren besonderen Eigenschaften eingesetzt und verwendet werden. Es gäbe die saubere Gesellschafterin à la Hana Mirka ebenso wie die Domina für absonderliche Wünsche oder die Abhängige, die Sex mit Rauschgift, Ficken und Dealen verband, weil sie es gar nicht anders kannte. Vor diesem Hintergrund wären auch Overstolzens Abenteuer und seine heimliche Fracht erklärbar. Ich musste entweder darauf warten, was Pavel mir sagen würde, falls er etwas sagte, oder mich auf die Strümpfe nach Prag machen, um selber nachzusehen.

Das sagte ich Hana. Sie sagte, sie hätte auch schon daran gedacht, mich zu bitten, sie nach Ústí zu begleiten, um nachzusehen, wie es in ihrem Haus aussah. Wir beschlossen, das Wochenende noch in Meißen zu verbringen und gleich Montag früh nach Tschechien zu fahren.

15

Ich beschloss, Frau Overstolz vom Ableben ihres hässlichen Köters in Kenntnis zu setzen. Das musste ja einmal abgeschlossen werden. Ich rief sie an und fragte, ob ich sie treffen könnte. Schlechte Nachrichten überbringt man als guter Polizist und Detektiv immer persönlich. Sie hatte Zeit für mich.

Eine Stunde später saß ich in ihrem Wohnzimmer und sagte:
»Ich habe leider keine gute Neuigkeit.«
»Bubu«, schluchzte sie auf. »Was ist mit Bubu?«
Ich kam gleich zur Sache.
»Bubu ist tot.«
Sie schluchzte noch einmal, dann rollten dicke Tränen über ihr Make-up.
»Tot? Oh Gott, oh Gott, oh Gott. Was ist passiert?«
»Tja, das ist schon etwas seltsam. Auf meine Anzeigen hat sich gestern eine Frau aus Roitzschen gemeldet«, log ich frech. »Sie hat Bubu tot in ihrer Scheune gefunden. Wie mag der wohl dahin gekommen sein, den ganzen Weg?«, wunderte ich mich. Ich hatte schon gehört, dass auch Chihuahuas laufen können. Meist werden sie ja getragen.
»Roitzschen!«, heulte Frau Overstolz auf.
»Roitzschen«, bestätigte ich mit erschütterter Stimme.
Dann fuhr ich fort, und zwar ohne jede Rücksicht.
»War Bubu süchtig?«
»Wie?«
»Hat Bubu Crystal genommen?« Was für eine dämliche Frage. Ich konnte ja schlecht fragen, ob ihr Gatte Crystal schmuggelte. Ihre Gesichtsfarbe erblasste unter dem Make-up sichtlich.
»Crystal? Mein Bubu? Wie kommen Sie denn darauf?«
Ich erzählte ihr, dass ich den Köter von meinem Tierarzt hatte untersuchen lassen. Das schien ihr überhaupt nicht zu gefallen.

Auch nicht, was mein Tierarzt herausgefunden hatte. Dafür habe sie so gar keine Erklärung, behauptete sie, und ob ich mich um die Beerdigung des Hundes kümmern könnte? Ich sagte Ja und sie nahm dreihundert Euro aus ihrer Handtasche und hielt sie mir hin.

»Reicht das?«, fragte sie.

»Ich denke schon«, sagte ich und nahm die Kohle. Es war ganz offensichtlich, dass sie mich jetzt loswerden wollte. Dass sie vor allem gar keine Lust mehr hatte, über Bubu und dessen Crystalkonsum zu sprechen. Merkwürdig. Hier stimmte ja gar nichts.

Auf dem Nachhauseweg fuhr ich bei meinem Freund, dem Tierarzt, vorbei, zahlte seine Rechnung von den dreihundert Euro und gab den Köter für die Abdeckerei frei. Das war jedenfalls damit erledigt, und ich konnte mich wieder Hana und den angenehmen Dingen des Lebens zuwenden.

Am nächsten Morgen klingelte mein Telefon um 6.45 Uhr. Ich hatte gerade so einen schönen Traum. Mir träumte, eine wunderbare Frau schmiege sich an meinen Körper. Sie war vollkommen unbekleidet. Ihre prachtvoll geformten Brüste drückten sich fest gegen meinen Rücken, sie hatte ein Bein um meinen Oberschenkel geschlungen, und die Arme hielten mich umfasst. Da klingelte das Telefon und ich wachte auf. Und was soll ich sagen: Eine wunderbare Frau schmiegte sich an meinen Körper.

Ich fummelte mit der freien Hand in Richtung meines Mobilephone, das auf der Kommode neben dem Bett lag. Mit einiger Mühe bekam ich es mit Daumen und Zeigefinger zu fassen. Doch entfiel es mir wieder und plumpste auf den Fußboden, wo es nervend weiterklingelte. Ich befreite mich leise fluchend aus der herrlichen Umarmung. Hana ließ ein kleines Grunzen hören, dann drehte sie sich um, wobei sie die Bettdecke mit sich zog. Ich hob das Mobilephone auf. Mittlerweile hatte es Ruhe gegeben. Aber leider war die Nummer in seinem Display zu sehen. Das ist auch so ein Teufelswerk der Neuzeit. Früher klingelte es und ging man ran, war gut. Ging man nicht ran, war auch gut. Schon mit der Erfindung der Telefonanrufbeantworter fing es an, stressig zu werden. Und heute kannst du dich gar nicht mehr rausreden. »Sie haben doch meine Nummer in Ihrem Display gehabt. Warum haben Sie nicht zurückgerufen?« Blablabla.

Ich ging erst einmal rüber ins Bad, stellte mich unter die heiße Dusche und duschte eine gute Viertelstunde. Dann putzte ich die Zähne, rasierte mich sorgfältig, verpasste mir eine ausreichende Dosis Eau de Toilette und zog meinen Morgenmantel über. In der Küche bereitete ich uns eine Kanne Kaffee, genehmigte mir eine Tasse, und erst dann holte ich das Telefon wieder raus und wählte die Nummer im Display.

Es klingelte eine ganze Weile, ehe abgenommen wurde und eine Männerstimme kurz angebunden sagte:

»Ja.«

Ich antwortete: »Hier auch.«

Die Stimme am anderen Ende schnaufte irgendwie ärgerlich in den Apparat, ehe sie mich anherrschte:

»Wer ist da?«

»Das frage ich mich auch.«

»Sie wollen wohl komisch sein, was? Das können Sie sich schenken. Ihren Namen?«

Das war nun wirklich ein bisschen viel des Guten am frühen Morgen. Ich beendete das ›Gespräch‹ und schenkte mir eine weitere Tasse Kaffee ein.

Kurz darauf klingelte es wieder. Ein Blick auf das Display bestätigte mir, dass es sich um dieselbe Nummer handelte. Ich nahm das Gespräch an und meldete mich mit meinem Namen, wie es sich gehörte.

Die barsche Stimme auf der anderen Seite der Leitung sagte:

»Was sollte denn der Unsinn eben?«

Und ich sagte:

»So, mein Freund, kommen wir nicht ins Geschäft. Ich empfehle einen Schnellkurs in Kommunikation, und dann versuchen wir es noch mal, nicht wahr.«

Und ich drückte wieder die Beenden-Taste. Der machte mir vielleicht Spaß! Mir war völlig egal, um wen es sich da handelte, mochte er auch noch so wichtig sein. Aber wir waren hier nicht in der Armee. Also sollte eine kleine Dosis Umgangsform gewährleistet sein.

Es dauerte eine weitere Tasse Kaffee, bis mein Telefon sich wieder regte. Ein Blick auf das Display verriet mir, dass ich es mit einem anderen Anrufer zu tun hatte. Ich nahm das Gespräch an.

»Morgen, Schroeder, hier Gläser«, meldete sich der Anrufer.

»Oh, Gläser, auch schon wach mitten in der Nacht?«

»Die Arbeit schläft nicht, das wissen Sie doch, Schroeder«, sagte Gläser und fuhr dann fort:

»Wär gut, wenn Sie hier vorbeikommen könnten. Wir sind hier in Sörnewitz, unterhalb des Boselfelsens. Ich habe einen toten Kunden.«

»Und was hat das mit mir zu tun?«

»Weiß ich noch nicht. Kommen Sie einfach her.«

»Wer war denn der Stoffel, der vor Ihnen hier angerufen hat und mich unschön weckte?«, fragte ich ins Blaue.

»Polizeiobermeister Bormann, Meißen.«

»Unser oberster Dorfsheriff. Hat wohl noch Erziehungsbedarf, der gute Mann.«

»Nun seien Sie mal nicht eingeschnappt. Hat sich vielleicht etwas unglücklich angestellt, der Kollege«, versuchte Gläser abzuwiegeln.

»Geschenkt«, sagte ich. »Ich komme, halbe Stunde, okay?«

»Okay«, sagte Gläser und legte auf.

Ich zog mich an, schrieb Hana eine Nachricht, die ich neben sie auf das Kopfkissen legte, und verließ leise die Wohnung.

Über Nacht hatte sich das Wetter gedreht. Durften wir am gestrigen Abend noch die warme Luft eines späten Sommertages genießen, so waren jetzt graue Wolken gepaart mit einem stetigen Wind auf dem Vormarsch. Es regnete noch nicht. Doch es würde nicht mehr lange dauern. Also hatte ich meine Barbourjacke übergezogen und auf dem Kopf trug ich meinen alten australischen Akubra-Hut, der ebenso wie die Jacke schon so manches Unwetter durchlebt hatte.

Auf dem kleinen Feldweg, der von Sörnewitz durch die Bosel nach Meißen führte, war unterhalb des Felsens das übliche Aufgebot an Fahrzeugen und Menschen aufgelaufen. Streifenwagen, auf deren Dächern sich noch wichtig das Blaulicht drehte, ein paar Zivilfahrzeuge, überwiegend BMW, ein Leichenwagen, ein Krankenwagen und der rote VW von TV Meißen. Der gesamte Bereich links von dem Feldweg bis hin zum Felsen war von Plastikbändern abgesperrt, an denen der Wind heftig zerrte.

Ich parkte meinen Mercedes SLS Cabrio hinter dem TV-Meißen-VW und stieg aus.

Martin Kleine, TV Meißens Mädchen für alles, also Redaktion, Buchhaltung, Kamera, Schnitt und was nicht sonst noch alles dazugehörte, einen Fernsehbeitrag herzustellen, stand an der offenen Heckklappe und hantierte an einer Kamera herum.

»Servus, Martin«, sagte ich. Er schaute von seiner Arbeit hoch und grinste, als er mich sah.

»Schroeder, was treibt denn dich zu dieser frühen Stunde aus den Federn?«

»Keine Ahnung. Das LKA höchstpersönlich hat mich hierher bestellt. Was ist denn überhaupt los?«

Martin zuckte mit den Schultern.

»Keine Ahnung. Ich darf da nicht rein, und Informationen gibt es zurzeit nicht. Der Polizeifunk hatte etwas von ›unbekanntem Toten‹ gesagt, also bin ich raus. Jetzt warte ich.«

»Na dann, vielleicht hab ich ja mehr Glück als du«, meinte

ich, klopfte ihm aufmunternd auf die Schulter und marschierte auf das Absperrband zu. Dort stoppte mich ein Wachtmeister mit gewichtiger Miene. Er fragte mich, was ich hier wolle, und ich teilte ihm mit, wer ich war und dass ich von Gläser herbestellt worden sei. Der Beamte ordnete an, dass ich mich weiter außerhalb der Absperrung aufhalten sollte, fummelte ein Walkie-Talkie von seinem Gürtel und wendete sich um, wahrscheinlich damit ich das überaus wichtige Gespräch nicht mitbekommen könnte. Es ist wohl schon seit Anbeginn der menschlichen Geschichte so gewesen, dass der Mensch je wichtiger tut, desto tiefer er in der Rangfolge steht. Es dauerte jedenfalls keine Minute, da drehte er sich mit säuerlicher Miene wieder zu mir um, hob das Plastikband in die Höhe und knurrte:

»Sie können durch.«

»Firma dankt«, scherzte ich. Dann ging ich auf die Gruppe Menschen zu, die ich linkerhand in gut zweihundert Meter am Fuße des Felsens ausmachen konnte. Ein Mann löste sich aus der Gruppe und kam auf mich zu. Der Mann war so groß wie ich, trug einen zerknitterten braunen Cordanzug, darüber einen Mantel aus Harris Tweed. Sein Kopf war unbedeckt, so dass sein Haar vom Wind hin und hergewirbelt wurde. Er hatte freundliche braune Augen, eine Nase, deren Form vermuten ließ, dass sie bereits mehrfach gebrochen worden war, und einen mächtigen, gepflegten Vollbart.

Er hielt mir eine Pranke von Hand hin und sagte:

»Gläser. Gut, dass Sie so schnell kommen konnten.«

»Boxer?«, fragte ich und tippte mir mit der Fingerspitze an meine Nase.

»Lange her. Halbschwergewicht. War sogar für Olympia qualifiziert, 1980 war das, Moskau. Schöne Scheiße, ist ja damals ins Wasser gefallen.«

»Auch noch Wessi?«, hakte ich nach.

»Hört man das nicht? Jebürtije kölsche Jung«, lachte Gläser.

»Habe dann versucht, meinen Frust als Profi wegzuboxen. Und? Bin gewogen und für zu leicht befunden worden. Ein-, zweimal eins auf die Nase, dann hatte ich selbige voll. Aber jetzt mal Schluss damit, wir haben hier doch einen ernsten Anlass. Einen toten Mann. Ist wohl von da oben runtergesprungen«, sagte er und wies mit der Hand auf die Boselspitze.

»Wissen Sie, wer es ist?«

Gläser schüttelte mit dem Kopf.

»Noch nicht. Aber Sie unter Umständen. Der Tote hatte Ihre Visitenkarte in der Jackentasche.«

»Na, dann sollte ich ihn mir wohl ansehen.«

»Genau, aber machen Sie sich auf was gefasst. Gut sieht der nicht mehr aus.«

Wir stiefelten gegen den zunehmenden Wind und die ersten Regentropfen in Richtung einer Menschengruppe, deren Mitglieder wegen ihrer weißen Schutzanzüge unschwer als Beamte der Spurensicherung auszumachen waren. Man grüßte mich stumm, und die Männer ließen Gläser und mich vortreten. Vor uns lag ein Haufen blutiger Knochen, der Rest von dem, was früher mal ein Mensch gewesen war.

»Und ihr seid sicher, dass der nur einmal gesprungen ist?«, fragte ich in die Runde. Der anwesende Gerichtsmediziner zuckte mit den Achseln.

»Schwer zu sagen. Jedenfalls zum jetzigen Zeitpunkt. Wir müssen die Obduktion abwarten. Aber ganz ehrlich, er sieht schlimm aus. Ich kann mir nicht so recht erklären, dass das da nur vom Sturz herrührt.«

»Darf ich?«, fragte ich und beugte mich zu dem Toten hinunter. Sein Gesicht war vollkommen zerschmettert. Unmöglich, zu sagen, wie er einmal ausgesehen hatte. An der linken Hand trug er am kleinen Finger einen Ring, den ich kannte.

»Warum haben Sie mich herbestellt?«, fragte ich über die Schulter hinweg in Richtung Gläser.

»Wir haben Ihre Visitenkarten in seiner Jackentasche gefunden. Haben Sie eine Vermutung, um wen es sich handeln könnte?«

Ich stand auf und klopfte meine Sachen gerade.

»Tja«, sagte ich. »Wenn der Ring da schon vor ein paar Tagen an dem Finger des Toten steckte, dann würde ich meinen, dass es sich um einen gewissen Götz Urban handelt.«

In Gläsers Augen meinte ich für einen Moment so etwas wie Interesse aufblitzen zu sehen, dann sagte er:

»Urban, interessant. Kommen Sie mal mit.« Und er wendete sich um und marschierte in Richtung unserer Wagen, ohne sich darum zu kümmern, ob ich ihm nun folgte. Ich war brav und latschte hinter ihm her. An den Fahrzeugen angekommen, warf er einen Blick auf seine Armbanduhr.

»Gleich 10 Uhr. Zeit für ein zweites Frühstück. Außerdem wird es mir hier draußen zu ungemütlich. Lassen Sie uns nach Meißen fahren, Kaffee trinken.«

»Gut«, sagte ich und schlug das *Journal-Café* an der Frauenkirche vor. Hier gab es neben einer unfreundlichen Bedienung guten Kaffee und ein annehmbares Frühstücksangebot, was im Übrigen eine durchaus gängige sächsische Kombination darstellte.

Gläser war einverstanden, wir stiegen in unsere Wagen und fuhren los.

Ich parkte wie immer in der Görnischen Gasse, wenn ich nur kurz ums Eck ins *Journal* wollte. Die Görnische Gasse war eine der Altstadtgassen, die man bei der Sanierung vergessen hatte. Oder anders gesagt, bei der die Immobilienhaie sich verzockt hatten. Und so zerfiel sie nun fröhlich vor sich hin. Mit Ausnahme des Hauses Nr. 34, in dem im unteren Laden eine gute Bekannte von mir eine Eventagentur betrieb. Den historischen Gewölbekeller hatte sie zu einem Ort des Gruselns umgebaut, nannte das Ganze *Obscurum* und lud einmal im Monat zur Henkersmahlzeit mit Blutvogt und

Kerkermeister. Das Angebot wurde übrigens sehr gut angenommen. Ich hatte heute das Pech, dass meine gute Bekannte Christiane vor ihrer Bürotür zur Zigarettenpause stand. Es dauerte also ein paar heftige Hallo und Küsschen hier und Küsschen da und einen kurzen Tratsch, bis ich meinen Weg zum *Journal-Café* fortsetzen konnte.

Gläser hatte sich den erhöhten Tisch direkt neben der Theke an der Rückwand ausgesucht. Von hier aus konnte man nicht nur das gesamte Café, sondern auch durch die großen Fensterscheiben die Außenwelt überblicken. Solche Plätze waren ja im Wilden Westen notwendig, wenn man überleben wollte. Nur auf solchen Plätzen konnte einem keiner in den Rücken schießen. Im Wilden Osten war das sicher völlig wurscht. Dennoch, ein schöner Platz, auf dem Gläser da saß. Vor sich hatte er einen Teller mit einer übersichtlichen, dürftigen Wurstkollektion und zwei Scheiben Käse, den obligatorischen Scheiben Gurke, Tomate und dem einem Klecks Butter. Neben dem Teller dampfte es aus einer Tasse. Kaffee, verriet der Duft, und der Kenner wusste, dass es sich bei dem Ensemble um das »reichhaltige Journalfrühstück zu 9,95 Euro« handelte. Ich gesellte mich zu ihm und bestellte mir einen Cappuccino.

»Ist zwar nicht der Grieche«, fing Gläser an, »aber was soll's. Das können wir ja mal nachholen.«

Ich nickte zustimmend und nahm einen Schluck des heißen Getränks, von dem ich wusste, dass es nach dem dritten Schluck anfing zu schmecken.

»Ich habe mich natürlich über Sie schlau gemacht«, fuhr er fort.

»Und?«, fragte ich. »War was Brauchbares dabei?«

Gläser lächelte.

»Ihr alter Frankfurter Kollege hält jedenfalls große Stücke auf Sie. Bedauert, dass Sie hingeschmissen haben.«

»Schön zu hören«, gab ich vor.

»Sie waren lange genug bei unserem Verein. Und Sie waren Spezialist. Sondereinheit, Undercover und so weiter. Und dann noch in der Drogenszene, nicht gerade ungefährlich. Und der Ex-Bulle ruft mich an und bittet um ein Schwätzchen bei Ouzo und Bier. Das hat doch seinen Grund?«

»Klar«, sagte ich so dahin. »Ich wollte nicht alleine trinken.«

»Ach, hören Sie doch auf, Schroeder. Sie brauchen jetzt nicht zu mauern, nur weil ich Ihnen heute zu frühester Stunde eine unappetitliche Leiche präsentiert habe, die auch noch Ihre Visitenkarte bei sich hatte. Oder bedingt das eine das andere?«

»Sagen wir mal so, Gläser«, antwortete ich, »ehe ich jetzt den Märchenonkel mache, würde ich mich gern mit Ihnen vereinbaren. Sie erzählen mir alles, was Sie wissen, und umgekehrt.«

»Und was wir dabei weglassen, halten wir uns später nicht vor!«

Ich zog die Schultern nach vorn und machte mit der Unterlippe eine »Wer weiß schon«-Mimik.

»So geht's doch normalerweise, Gläser.«

»Okay, abgemacht. Was wissen Sie über den Toten, und warum wollten Sie mich sprechen?«

»Hat mit Drogen zu tun, das können Sie sich ja denken.« Und dann erzählte ich meine Geschichte in einer etwas abgewandelten Version. Ich ließ den OB einfach weg, behauptete, ich wäre rein zufällig auf einen ominösen Warentransport aus Ústí gestoßen, erzählte mutig, wie mich der von mir verfolgte Wagen abgehängt hatte und dass mich das Kennzeichen zur Anwaltskanzlei Sonnemann geführt hätte. Sodann berichtete ich von meinen beiden Treffen mit Urban und dem einen mit den Schießbudenfiguren in meinem Büro. Den Mordversuch ließ ich mal weg. Ich endete damit, dass ich gar keinen Schimmer hätte, was denn nun da aus Ústí in dem Auto transportiert worden sei, lediglich meine Neugier mich angetrieben habe, und dass die natürlich durch die Schlägerbande noch gesteigert worden sei.

»Und warum haben Sie sich in Frankfurt nach Pavel Ostrowski erkundigt?«, fragte Gläser, als ich meinen Bericht beendet hatte.

Scheiße, dachte ich, Horst Ganser, die alte Plaudertasche. Konnte aber auch nichts für sich behalten. Ich schaltete mein Gehirn auf Turbo. Jetzt musste mir schnell etwas Plausibles einfallen, um Hana aus dem Spiel zu lassen.

Gläser schien meine Gedanken zu erraten.

»Na los, Schroeder, raus mit der Wahrheit.«

»Na ja, ist doch logisch, oder?«, behauptete ich, obwohl hier nix logisch war. »Pavel war doch schon in Frankfurt 'ne große Nummer. Da wollte ich von Ganser wissen, ob der möglicherweise auch hier aktiv ist?«

»Das ist ja interessant«, meinte er. »Alles auf Vermutung?«

»Ja, nur Vermutungen.«

»Dann geht es Ihnen wie uns. Nur Vermutungen.«

»Lassen Sie mal hören, Sie sind am Zug.«

»Sie kennen das Geschäft mit dem Stoff ja selber genau. Also lass ich mal all die blöden Erklärungsversuche weg, warum was wie gelaufen ist.«

Ich nickte zustimmend.

»Bis vor einem halben Jahr hatten wir einen ziemlich genauen Überblick über Dresdens Drogenszene. Lieferantenwege, Verteiler und so weiter. Alles war gut im Blick. Was wir nicht wussten, war, wer hinter dem immer besser florierenden Geschäft mit Crystal steckte. Das wissen wir auch immer noch nicht. In Tschechien haben wir mehrere Organisationen im Blick. Die alten Bekannten. Russen, Bulgaren, Armenier und so weiter. In Dresden fiel unser Verdacht auf Pavel Ostrowski, als der aus dem Nichts auftauchte und sich überraschend mit neuem Namen als Puffkönig etablierte. Soweit wir gecheckt haben, hat sich der alte Pavel tatsächlich aus dem Drogengeschäft zurückgezogen. Wir hatten ihm eine Laus in den Pelz gesetzt, einen unserer besten Undercoverleute. Der fand keinerlei Kontakte zur Drogenmafia, nichts.«

»Das ist doch auch verdächtig genug, oder?«, warf ich ein.

»Schon. Aber wo keine Beweise sind?«

»Tja, da kannste nichts machen.«

»Richtig. Und jetzt kommt's. Ganz plötzlich versiegte der Strom aus Tschechien. Es kam einfach keine Ware mehr nach. Die Preise gingen auf der Straße kräftig in die Höhe. Da hat einer mehr als dreifachen Profit gemacht. Doch damit nicht genug. Nachdem der Markt fast ausgetrocknet war, fing die Quelle wieder an zu sprudeln. Doch nicht über die alten Wege. Wir waren völlig ratlos. Es gab wieder Crystal in Massen, und wir hatten keinen Schimmer, woher das Zeug mit einem Mal stammte. Bis wir einen Dealer hoppgenommen haben. Zuerst wollten wir ihm kein Wort glauben. Der erzählte, dass das Zeug über Meißen verteilt würde. Meißen? Wir fanden es einen schlechten Witz. Die Kollegen der Meißner Polizei waren auch komplett überrascht. Was mich eigentlich nicht wundert. Dann kam uns Kollege Zufall zur Hilfe. Es gab einen Autounfall auf der B6 zwischen Scharfenberg und Gauernitz. Ein Audi A8 ist mit überhöhter Geschwindigkeit von der Fahrbahn abgekommen und gegen einen Baum gekracht. Der Fahrer war sofort tot, der Wagen Totalschaden und im Kofferraum jede Menge Plastiktüten mit Zigaretten aus Tschechien, und in den Zigaretten war kein Tabak, sondern schön rationiertes Crystal. Das haben die Kollegen aber erst drei Tage später bemerkt. Da war der Halter des Wagens, eine Meißner Anwaltskanzlei, bereits ermittelt.«

»Kanzlei Sonnemann?«, unterbrach ich Gläsers Ausführungen.

»Genau. Die hatte den Wagen einen Tag vor dem Unfall als gestohlen gemeldet. Das fanden wir schon ein ganz klein wenig verdächtig. Um auf Nummer Sicher zu gehen, schleusten wir einen Mann dort ein, doch auch er konnte in den vergangenen drei Monaten keine Ergebnisse bringen. Und nun ist er tot.«

Gläser machte eine Kunstpause. Wahrscheinlich um mein dummes Gesicht besser beobachten zu können.

Und ich war wirklich baff.

»Sie wollen mir weismachen, dass Götz Urban ein V-Mann war?«

»So ist es.«

»Hä? Ein V-Mann schickt mir ein paar Schläger auf die Bude? Wozu soll das denn gut gewesen sein?« Und dann noch der Mordversuch, dachte ich mir, aber den hatte ich ja nicht öffentlich gemacht.

»Wenn ich das wüsste, dann wüsste ich mit Sicherheit mehr über das gesamte Geschäft.«

»Sie denken nach Götzens unerwartetem Ableben darüber nach, ob er nicht ein doppeltes Spiel gespielt hat?«

Gläser zuckte mit den Achseln und schüttelte nachdenklich seinen Kopf.

»Keinen Schimmer. Komisch ist das schon. Was Sie mir erzählt haben, verwirrt mich zurzeit mehr, als dass es aufhellt.«

»Umgekehrt sind Ihre Ausführungen schon spannend. Wir wissen, dass der Stoff in Meißen ankommt. Rumgefahren wird der Stoff in Autos, die auf Anwalt Sonnemanns Kanzlei gemeldet sind. Ob Sonnemann selbst seine Finger im Spiel hatte, wissen wir nicht. Und wir wissen, dass die Meißner Polizei von all dem auch nichts weiß. Das ist doch interessant.«

»Allerdings«, stimmte Gläser mir zu. Er trank seine Tasse leer, warf einen Blick auf seine Armbanduhr und winkte der Bedienung, dass er zahlen wollte.

»Ich möchte, dass wir uns weiter auf dem Laufenden halten, Schroeder. Ich kann zum jetzigen Zeitpunkt nicht offensiv werden. Ich werde also Sonnemann nur insoweit befragen, wie es mit dem Tod von Götz Urban zusammenhängt. Den dürfen wir ja auch nicht enttarnen. Aber Sie können sich in die Sache voll reinhängen. Sind Sie dabei?«

Er sah mir offen in die Augen, als er mir die Frage stellte. Ich musste schon sagen, dass ich den Kerl mochte.

»Ich bin dabei, allein schon wegen Bubu.«

16

Sonnemann sah genauso aus, wie er hieß. Braungebrannt, wettergegerbtes Gesicht, strohblonde Haare, die wellig über seine Ohren fielen und exakt so lang waren, wie sie bei seinem schmal geschnittenen Gesicht sein sollten.

Er hatte ein sorgfältig gestutztes Oberlippenbärtchen. Seine hoch gewachsene hagere Gestalt steckte in einem modernen Anzug aus dem Hause Armani, an den Füßen waren blitzblank polierte braune Halbschuhe zu sehen, die wahrscheinlich meinen halben Monatsumsatz gekostet hatten.

Er trug dazu ein blau-weiß gestreiftes Hemd ohne Krawatte. Chic, sportlich, weltoffen. Der Mann passte nach Meißen wie ein Kamel durch ein Nadelöhr, oder so ähnlich.

Dennoch war er der erfolgreichste Anwalt der Stadt und, wie gesagt, angesehen, wenngleich auch nicht unumstritten. Jetzt saß er vor meinem geschlossenen Büro auf dem Wartestuhl aus Plaste, einer echten DDR-Rarität. Ich fragte mich, wie er wohl am Samstagvormittag dahin gekommen war, und ob er beabsichtigt hatte, das Wochenende dort zu verbringen. Unter normalen Verhältnissen war ich am Wochenende nicht an meinem Arbeitsplatz anzutreffen. Heute war eine Ausnahme. Ich wollte eine Schachtel Ersatzpatronen für meine Smith & Wesson holen, sowie meine 44er Magnum, die für besondere Einsätze in meinem Tresor auf mich wartete. Wer weiß, vielleicht stand mir ja Besonderes bevor, wenn ich mit Hana nach Ústí fuhr. Oder nach Prag. Ich hatte nämlich den Entschluss gefasst, in Hanas Zuhause nach dem Rechten zu sehen, und im Anschluss nach Prag zu fahren, um mir ein persönliches Bild über »Nasti« und ihre Escort-Firma zu machen.

Als Sonnemann mich erblickte, erhob er sich schwungvoll von dem Plastestuhl, trat auf mich zu, die Hand ausgestreckt, und sagte:

»Entschuldigen Sie die Störung am Sonnabend, Herr Schroeder.«

Ich drückte die Hand zur Begrüßung, erfreut darüber, dass auch Sonnemann etwas von einem anständigen Händedruck hielt.

»Keine Ursache, Herr Sonnemann. Aber, sagen Sie, woher wissen Sie, dass ich hier bin?«

Sonnemann lächelte ein fröhliches Lächeln, als er mir erklärte, dass meine Freundin ihm das gesagt habe. Na prima, dachte ich. Noch ein paar Tage und ganz Meißen weiß, dass Steffen Schroeder eine Freundin in seiner Wohnung versteckt hält.

Ich schloss meine Bürotür auf und bat Sonnemann, einzutreten.

Nachdem ich auf meiner neuen Kaffeemaschine einen Kaffee für zwei hergestellt hatte, der nun anregend duftend in den Bechern vor uns stand, offenbarte mir Sonnemann, dass er gekommen war, um mich zu engagieren.

Ich musste zugeben, dass ich einigermaßen überrascht war.

»Ups«, machte ich und hätte beinahe mein neues T-Shirt vollgekleckert. »Mich engagieren? Aber wozu denn das?«

»Ach, Schroeder, das können Sie sich doch denken. Gestern war die Polizei in meinem Büro, weil sich einer meiner Angestellten das Leben genommen hat. Das ist zwar bedauerlich, wäre aber nur halb so schlimm, wenn nicht gleichzeitig wenigstens zwei der auf meine Firma gemeldeten Fahrzeuge im Verdacht stünden, als Drogentransporter verwendet worden zu sein. Sie müssen wissen, dass der tote Mitarbeiter, ein Mann namens Götz Urban, seit vier Monaten in meinem Haus für Sicherheitsfragen zuständig war. Und ihm das Management des Wagenparks unterstand.«

»Augenblick mal«, fiel ich in seine Rede. »Wozu braucht eine Firma wie die Ihre einen Mann für Sicherheitsfragen?«

»Das hat diverse Gründe. Ich kann Ihnen selbstverständlich keine Details nennen. Nur so viel: Unsere Kanzlei ist zum großen

Teil in die vertragliche Beratung von Militärgeschäften involviert. Wir verdienen das meiste Geld in Berlin, nicht hier. Wie dem auch sei, in diesem Geschäft ist die Gefahr der Spionage und so weiter täglich dabei. Dagegen muss man sich sichern. Reicht Ihnen das erst einmal?«

Ich nickte.

»Ich muss unbedingt Klarheit haben, in welchem Umfang meine Firma hier zu Recht verdächtigt wird«, fuhr er fort. »Wir können es uns überhaupt nicht leisten, in die Nähe illegaler Geschäfte gerückt zu werden. Schon diese Situation ist schlimm genug. Wenn erst einmal Gerüchte im Umlauf sind, kann schon das zu erheblichen Geschäftsschädigungen führen. Also will ich Sie, damit Sie uns so schnell wie möglich, wie soll ich sagen, aus der Sache raushauen.«

»Na ja«, sagte ich. »Das wird ja ganz so einfach nicht gehen. Ihnen ist ja wohl klar, dass ich meine Nase in Ihre Sicherheitsabteilung stecken muss? Fragen stellen muss, Leuten auf die Nerven gehen werde. Ob das nun gerade die Gerüchteküche abkühlt, das will ich mal bezweifeln.«

»Was gemacht werden muss, muss gemacht werden. Ich gehe einmal davon aus, dass auch die Tatsache, dass wir Sie engagieren, dass wir freiwillig uns einer Selbstkontrolle unterziehen, dazu beitragen wird, unsere Geschäftspartner auf Regierungsebene zu besänftigen. Also, nehmen Sie an, und was wird das kosten?«

Da es ja nun gar nicht so schlecht war, in seiner Kanzlei rumschnüffeln zu dürfen, und dazu noch bezahlt, willigte ich ein. Dabei nannte ich einen anständigen Preis, den Sonnemann, ohne mit der Wimper zu zucken, hinnahm. Ja, noch besser. Er holte eine Brieftasche aus der Innentasche seiner Anzugjacke, blätterte mir dreitausend Euro als Anzahlung auf den Tisch und fragte:

»Wann fangen Sie an?«

»Ich muss am Montag nach Tschechien, für wahrscheinlich drei Tage. Aber vielleicht hängt diese Fahrt auch mit Ihren Problemen zusammen. Wie auch immer, ich bin am Donnerstag zurück und möchte dann gleich am Morgen Ihre Sicherheitsabteilung kennen lernen. Bitte sorgen Sie dafür, dass alle Mitarbeiter anwesend sind. Und dass ich schnellen Zugang zu Akten erhalte.«

»Gut, so machen wir es. Donnerstag, sieben Uhr früh, okay? Ich werde Sie erwarten und einführen.«

Mit einem ebenso kräftigen Händedruck wie zur Begrüßung verabschiedete sich Sonnemann.

Ich war allein in meinem Büro, mit einem neuen Auftrag, der mir gelegen kam, und einer Menge Bargeld in der Tasche. Seinen Kaffee hatte er nicht angerührt. Du braungebrannte Dumpfbacke, dachte ich, als ich das leckere Getränk in der Spüle entsorgte.

Dann öffnete ich den Tresor, entnahm ihm die 44er Magnum und jeweils eine Schachtel Munition, legte zweitausend Euro hinein und schloss die Tür sorgfältig. Sodann hängte ich wieder den Pirelli-Kalender davor, dessen Septembermotiv eine knackige Rothaarige war, die sich oben rum völlig unbekleidet auf einer Harley Davidson räkelte. Wow. Ich bekam Lust, zu Hana zu fahren.

17

Der Montagmorgen schickte sich an, mir und dem Rest der Welt zu zeigen, dass es nun wirklich absolut vorbei war mit dem schönen Spätsommerwetter. Der Himmel war grau bis schwarz eingefärbt, eine steife Brise wehte von Norden her und brachte jede Menge Regen mit sich. Ein Hundewetter, bei dem nur Stadtreinigung, Jungs vom Ordnungsamt und Detektive auf der Straße anzutreffen waren. Ich hatte mich den Verhältnissen entsprechend gekleidet. Zu einer modischen Jeans trug ich Barbour-Wanderschuhe und eine Barbourjacke, auf dem Kopf hatte ich eine Regenkappe aus Wachsstoff. In der Hand hielt ich einen megagroßen weißen Regenschirm mit dem Aufdruck MDR, unter dem ich Hana zu meinem Wagen geleitete. Den Regenschirm hatte ich gleich nach meinem Umzug nach Meißen auf dem TAG DER SACHSEN in Halle abgestaubt, einer jährlichen Veranstaltung, bei der Land, Stadt, Sender kräftig darum bemüht waren, den vielen Besuchern mit ohrenbetäubender Volksmusik den letzten Rest Hirn aus dem Kopf zu pusten. Und das mit wachsendem Erfolg, wie ein Blick auf die deutschen Musikcharts und dem dazugehörigen Geschmack zeigte. Wer immer schon mal atemlos durch die Nacht gefischert werden oder sich gar vom Schnulzenkönig Kaiser in den Abgrund schubsen lassen wollte, der war auf dem TAG DER SACHSEN, ach was rede ich, der war in ganz Deutschland willkommen. Auf irgendeine unerklärliche Fügung schienen hier die meisten Menschen, wenn sie ein bestimmtes Alter erreicht hatten, jedwede anders geartete Kultur abzulegen, um sich ganz dem Tschingderassabumm der volkstümlichen Musik zu unterwerfen.

Ich hatte Hana trocken zum Auto gebracht. Nachdem der Regenschirm schön ausgeschüttelt zusammengefaltet war und ich hinter dem Lenkrad Platz genommen hatte, schaltete ich das Radio an, was ich lieber hätte bleiben lassen. Gott sei Dank besitzt mein Mercedes SLS Cabrio einen CD-Wechsler im Kofferraum, so dass wir unsere Fahrt mit dezenter Hintergrundbeschallung eines gewissen Sting beginnen konnten, dessen *Message in a bottle* am deutschen Musikempfinden schnell und gründlich vorbeigeschippert war. Minoritätenprogramme waren schon immer meine liebsten. Etwas Besonderes zu sein, bedurfte besonderer Fähigkeiten, auch der, sich aus der Masse zu verflüchtigen.

Es war um circa vierzehn Uhr, als wir Ústí erreichten. Bei den Tschechen war das Wetter wie in Deutschland schier unerträglich. Scheiß EU.

Ich parkte meinen Wagen direkt vor Hanas Haus. Gemeinsam gingen wir zur Haustür, die allerdings verschlossen war. Während Hana ihren Schlüssel aus einer Handtasche kramte, lief ich um das Haus herum zur Veranda. Auch diese Tür war verriegelt. Wer immer also im Haus gewesen war, sollte jemand im Haus gewesen sein, er hatte das Anwesen ordentlich verlassen. Ich ging wieder zur Vordertür. Hana hatte ihren Koffer in den Korridor gestellt und hängte ihren Mantel an die Garderobe.

»Sieht so aus, als wenn deine Besucher ordentliche Menschen waren«, meinte ich. »Sieh dich doch mal um, ob etwas fehlt, etwas anders steht, ob dir irgendwas ungewöhnlich vorkommt.«

Auf den ersten Blick sahen die Zimmer so aus wie immer, sauber aufgeräumt.

Interessant war, dass die Stehlampe neben dem Sofa brannte.

»Könnte es sein, mein Schatz, dass du einfach vergessen hattest, die Lampe auszumachen?«, fragte ich. Hana verzog ärgerlich ihr schönes Gesicht.

»Und der Schatten, den ich gesehen habe?«, grummelte sie. Ich zuckte die Schulter, setzte mich auf das Sofa und beobachtete sie dabei, wie sie die Räume inspizierte. Nach einer halben Stunde gab sie ratlos ihre Kontrolle auf.

»Ich finde nix. Alles ist so, wie es sein sollte. Aber ich könnte schwören, dass ich den Schatten einer Person gesehen habe. Ich spinne doch nicht«, maulte sie.

»Aber natürlich nicht, mein Engel«, sagte ich und nahm sie in meine Arme. Sie schaute mich mit ihren großen wasserblauen Augen an, dass mir das Blut in den Kopf stieg. Ich lächelte und drückte sie noch ein wenig fester, als ich sagte:

»Oder vielleicht spinnst du doch ein ganz kleines bisschen. Du hast dich ja schließlich auch in mich verliebt.«

Sie gab mir einen Stubser in die Seite.

»Du bist aus Fleisch und Blut und kein Schatten.«

»Und das ist auch besser so«, sagte ich, nahm sie auf meine Arme und trug sie zum Sofa. Draußen regnete es, und es wurde immer kälter. Hier drinnen aber war es herrlich warm, und als sie mich heftig küsste, wurde mir noch heißer.

Später duschten wir. Als ich frisch und sauber rasiert, ein großes Badehandtuch um die Hüften geschlungen, aus dem Badezimmer kam, stand Hana neben der Anrichte und telefonierte. Sie sprach schnell, und vor allem sprach sie Tschechisch. Ich verstand kein Wort. Als sie aufgelegt hatte, und ich sie fragend ansah, sagte sie:

»Die Agentur, ich habe mich zurückgemeldet. Morgen habe ich einen neuen Kunden.«

»Hast du denen von mir erzählt?«

Sie lachte geradezu fröhlich.

»Was denkst du? Natürlich nicht. Das geht außer uns niemanden etwas an, oder?«

»Na ja«, widersprach ich. »Andrea und halb Meißen wissen von uns.«

»Das ist nicht Ústí. Wenn wir unsere Liebe bewahren wollen, wie sie ist, sollte das auch so bleiben. Du in Meißen, ich in Ústí. Und wir sehen uns immer, wenn wir wollen. Was meinst du?«

Natürlich meinte ich, der ich in guter alter sozialistischer Familientradition großgezogen worden war, dass dies auf die Dauer nicht geeignet war. Doch jetzt biss ich mir vorsichtshalber auf die Zunge, schluckte meine Bedenken hinunter und sagte:

»Ja, so machen wir das.«

Sie schlang ihre weichen Arme um meinen Hals und gab mir einen Kuss, der mehr sagte als alle Worte. Als sie mich wieder zu Luft kommen ließ, fragte ich:

»Und was machen wir jetzt?«

»Jetzt gehen wir essen.«

18

Seit ich Hanas Haus am nächsten Morgen verlassen hatte und mich in Richtung Prag bewegte, wurde ich von einem dunkelblauen Octavia verfolgt. Mein Schatten stellte sich nicht gerade besonders geschickt an. Es hätte ja auch sein können, dass er mich mit Absicht von der Beschattung wissen lassen wollte, um mich zu verunsichern. Daran mochte ich aber nicht so recht glauben. Dafür waren seine Versuche, außer Reichweite zu bleiben, nun doch zu offenkundig. Ich fuhr ein wenig in Ústí herum, um mich zu vergewissern, dass er wirklich mein Schatten war. Als ich Gewissheit hatte, ging es auf direktem Wege zur Autobahn in Richtung Prag. Ich hatte nicht vor, besonders schnell mein Ziel zu erreichen. So ging ich die vor mir liegenden siebenundachtzig Kilometer gelassen an und bewegte mich mit hundertzwanzig Stundenkilometern auf der rechten Fahrbahn.

Der Schatten zockelte hinter mir her. Er hatte mich im Blick, und ich hatte ihn im Blick. Da konnte ja gar nichts schiefgehen.

In Prag angekommen, kurvte ich noch ein wenig durch die Stadt, um meinen Schatten bei guter Laune zu halten. Schließlich stellte ich meinen Wagen in einer Tiefgarage nahe der Karlsbrücke ab, schnappte mir meine Reisetasche und machte mich zu Fuß auf den Weg zu meinem Hotel. Mein Schatten hatte sich wieder auf meine Fährte gesetzt, so dass sich nun die Möglichkeit bot, mir ein Bild von ihm zu machen. Es handelte sich um einen Mann im braunen Trenchcoat, mit einem hübschen Schnurrbart und kurz geschnittenem Haar. Ich gab mir weiter keine Mühe, schritt frohen Mutes über die Karlsbrücke und erreichte mein Hotel mit Blick auf die Moldau innerhalb von fünfzehn Minuten. Ich checkte ein, bezog mein Zimmer und begab mich dann sofort in das mir bekannte gutbürgerliche Restaurant *Tri Stoleti* in der Milenska, der Meißner Straße. Ich genehmigte mir einen wunderbaren Rinderbraten mit Knödeln und drei halben Litern des hausgebrauten Biers und überlegte, was ich mit dem angebrochenen Nachmittag noch anfangen wollte. Ich war mir nicht so sicher, ob ich die Begleitagentur schon heute aufsuchen sollte. Also beobachtete ich meinen Schatten, der ein paar Tische weiter hinter seinem Bier saß, darauf wartend, dass ich etwas unternehmen würde. Aber ehrlich gesagt, hatte ich keine Lust zu großen Aktivitäten. Also tat ich das, was jeder Tourist in Prag so tut. Ich schlenderte durch die Altstadt, stattete der Burg einen Besuch ab, trank hier einen Kaffee, hielt mich über eine Stunde in einem Antiquariat auf und strapazierte so die Nerven meines sichtbar unsichtbaren Begleiters. Es wurde Abend. Ich ging zurück zur Milenska, in den dortigen Weinladen, und verbrachte den Rest des Abends bei einer Käseplatte und einer ausgiebigen Weinprobe, während mein Schatten gegenüber an der Hauswand lehnte und mit Sicherheit unsäglich litt. Gegen dreiundzwanzig Uhr zahlte ich meine Zeche. Dann überquerte ich die Straße und ging direkt auf meinen Schatten zu, dem wohl nicht ganz wohl war bei dieser Entwicklung. Bei ihm angekommen, sagte ich:

»So mein Freund, ich gehe jetzt ins Hotel schlafen. Morgen ist Frühstück um neun Uhr, und dann besuche ich die Escort Agentur. Bis dahin hast du Feierabend. Gute Nacht.«

Ich klopfte ihm herzlich auf die Schulter und marschierte zu meinem Hotel, ohne mich noch einmal umzusehen. Ich schlief zufrieden und fest wie ein Murmeltier.

Geduscht, glattrasiert, ein hervorragendes Frühstück im Magen, machte ich mich am nächsten Morgen zu Fuß auf in Richtung Kaprova, der Straße, in der sich die Begleitagentur von Anastasia Petrowna befand. Der Morgen in Prag hatte, welche Freude, ein freundliches Herbstgesicht, zwischen Wolkenbergen schaute dann und wann die Sonne hervor, es regnete wenigstens nicht. Mein Schatten war nicht zu sehen. Vielleicht hatte er aufgegeben.

Oder war gegen einen Ersatzmann ausgetauscht worden. Ich würde mal die Augen aufhalten.

Die Kaprova befand sich auf der anderen Flussseite der Moldau. Ich marschierte wieder über die Karlsbrücke und bewunderte die bunten Gemälde mit typischen Pragmotiven, die auf der Brücke zum Verkauf angeboten wurden. Dabei fragte ich mich, ob diese Bilder wohl in Korea oder China in gigantischen Produktionshallen in Serie handgemalt wurden, so standarisiert wirkten sie auf mich, irgendwie wie gedruckt. Ich konnte mir beim besten Willen keinen Künstler vorstellen, der sich Tag für Tag an denselben Ort stellt und mit den gleichen Farben ein wiederkehrendes Motiv auf die Leinwand malt. Da würde man doch verrückt werden. Oder Verrücktsein wäre eine Voraussetzung für eine solche Beschäftigung. Wir hatten in Meißen einen Stadtmaler, der die schöne Stadt seit Jahrzehnten malt. Aus allen machbaren Perspektiven, an allen Plätze, bei jedem Wetter. Jedes Bild war anders. Einzigartig. Und dennoch gab es genug Ignoranten, die ihn mit der überaus intelligenten Frage quälten, warum er denn immer dasselbe male? Die bekamen dann meist zur Antwort: »Weil ich noch immer nicht erreicht habe zu malen, was ich malen will.« Das verstand natürlich niemand. War ja auch nicht unbedingt notwendig. Wie schon in frühen Zeiten, als Farbe und Pinsel gerade erst erfunden waren, kauften die Doofen eh keine Kunst, es sei denn, sie passte gerade farblich in den Warteraum ihrer Kanzlei oder Praxis beziehungsweise ins Foyer einer städtischen Institution. Hier auf der Karlsbrücke kauften Touristen ein Stück buntes Prag auf 32 x 20 Leinwand für umgerechnet sechzig Euro und steckten es in die Plastiktüte gleich neben das T-Shirt mit dem Aufdruck I LOVE PRAHA. Zuhause konnte man dann immer noch entscheiden, wen das Mitbringsel erfreuen würde. Meist gingen die Bilder an Oma.

Ich kaufte kein Bild. Ich legte jetzt einen Zahn drauf und bewegte mich zielstrebig weiter. Um genau elf Uhr erreichte ich den

Escort Service in der Kaprova 177. Pünktlich wie die Dachdecker. Obwohl ich doch gar keinen Termin hatte. Ich betrat den beeindruckenden Flur mit seinen Säulen und dem an die Wände gemalten Marmor, den Jugendstilfliesen und den hölzernen Türeinfassungen, die wie frisch gebohnert glänzten. Ein Fahrstuhl aus dem vorletzten Jahrhundert beförderte mich widerwillig in die dritte Etage.

Es gab auf jeder Seite des Flures eine Tür, und eine Doppeltür direkt vor meiner Nase. Neben der hing ein schwarzes Schild mit goldenen Buchstaben, die mir sagten, dass ich hier richtig war. Ich klingelte. Nach einer Weile schwangen die beiden Türflügel wie von Geisterhand geöffnet nach innen und gaben den Blick auf einen schneeweißen Empfangstresen frei. Hinter selbigem lächelte mich eine wirklich supersüße junge Frau an, in einem roten Kleid und mit schwarzem Haar und einem Körper, an dem aber auch alles so proportioniert war wie bei den Frauen daheim in meinem Pirelli-Kalender. Das ganze Foyer war mit weißem Marmor ausgelegt, die Wände schneeweiß gestrichen, alles passte einhundertprozentig zueinander. Die beiden Flügeltüren schlossen sich geräuschlos hinter mir. Ich zauberte eines meiner besonders charmanten Lächeln auf mein Gesicht und meine Visitenkarten auf den Tresen und sagte der schönen Maid, dass ich gern mit Frau Petrowna sprechen wollte. Sie fragte, ob ich einen Termin hätte. Ich lächelte noch einen Zahn mehr und sagte, dass ich keinen Termin hätte. Aber ich hätte einen Freund mit Namen Pavel Ostrowski. Das schien zu wirken. Sie sprach leise in ein Mikrofon und nach wenigen Augenblicken öffneten sich die weißen Flügeltüren linkerhand. Im Türrahmen erschien eine attraktive Frau Mitte vierzig. Sie trug ein schwarz-weiß kariertes Kostüm mit kurzem Rock. Das kastanienrote Haar war zu einem Bubikopf geschnitten, um den Hals und das linke Handgelenk baumelte eine schlichte Kette von Cartier, am rechten Handgelenk trug sie die dazu passende Uhr, alles sehr dezent, alles sehr teuer. Sie reichte mir lächelnd ihre manikürte rechte Hand, der Händedruck war zart aber bestimmt.

»Steffen Schroeder, schön Sie zu sehen, darf ich Sie hereinbitten«, begrüßte sie mich auf perfektem Englisch.

»Gern«, antwortete ich.

»Etwas zum Trinken? Kaffee? Cappuccino? Wasser?«

»Wasser, bitte, mit Gas.«

Sie rief der Empfangsschönheit ein paar Worte auf Russisch zu, dann führte sie mich in den Raum und setzte mich auf ein weißes Ledersofa. Sie selber nahm auf einem passenden Sessel mir gegenüber Platz. Der Raum war sparsam aber teuer möbliert. Ein kleiner antiker Damensekretär diente als Arbeitsplatz, ein passender Schrank mit Glastür als Aufbewahrungsort für Ordner und so weiter. Neben der Ledersitzgruppe stand eine hohe chinesische Vase mit einem Bouquet aus Gladiolen, die dem weißen Raum den Farbtupfer schenkten. Ein großes Fenster öffnete den Blick über Prag, die Burg im Hintergrund.

Nachdem Wasser und Kaffee serviert worden waren, kam sie ohne weitere Umwege zum Thema.

»Ich weiß um Ihre Geschichte mit Pavel. Sie waren ja wohl in Frankfurt eher Gegner als Freunde, wenn ich mich nicht täusche. Und Pavel war im Drogengeschäft. Und Sie waren bei der Drogenfahndung. Mein Unternehmen hat mit Drogen nichts zu tun. Was also bezwecken Sie mit Ihrem Besuch?«

»Zuerst ein paar Worte zu Pavel«, sagte ich. »Ja, wir waren keine Freunde, aber wir haben uns auf einer bestimmten Ebene respektiert. Heute können wir miteinander sprechen, ohne dass jeder von uns eine Waffe auf den anderen richten muss. Und, Pavel ist heute im selben Unternehmensbereich wie Sie tätig. Aber das wissen Sie doch?«

Sie lächelte ein warmes Lächeln und nippte an ihrem Kaffee. Dann fuhr sie mit der Zungenspitze über Ober- und Unterlippe. Wenn sie glaubte, mich damit nervös machen zu können, dann hatte sie absolut recht. Ich nahm einen kräftigen Schluck Mineralwasser, bevor ich fortfuhr.

»Es geht eigentlich um die Klärung ein paar einfacher Fragen. Zuerst, ist Ihnen der OB von Meißen, Herr Overstolz, bekannt?«, fragte ich.

Sie schüttelte ihren Bubikopf.

»Nicht persönlich. Aber er ist ein Kunde unserer Agentur. Soll ich das mal überprüfen lassen?«

»Zu freundlich. Aber das ist nicht nötig. Ich weiß, dass er Abende mit Hana Mirka verbracht hat.«

»Ah, Hana. Eine meiner Besten in Ústí. Und auch anderswo. Hana ist ausgezeichnet, und teuer. Sie spricht vier Sprachen, also ist sie auch oft in Diplomatenkreisen in Prag, auch im Ausland, unterwegs.«

Sieh mal an, dachte ich, die Hana.

»Und wie sieht es mit Laska Hradecká aus?«, ich versuchte, meine leichte Verwirrung in Sachen Hana zu verbergen.

»Laska ist ebenfalls aus unserem Haus, sehr solide, aber eher für den Einsatz in der Region zu gebrauchen.«

Wir gingen noch die Daten der anderen Damen durch, die Andrea und ich ermittelt hatten. Es stellte sich heraus, dass sie alle zur Escort Firma der süßen Anastasia gehörten. Als ich die Liste abgearbeitet hatte, wusste ich auch im Detail über jede Einzelne und deren Vorzüge Bescheid. Ich fragte mich, welche Vorzüge wohl die vor mir sitzende Anastasia so offerieren könnte, gerade in dem Moment, in dem sie das linke Bein aufreizend über das rechte schlug, wobei der Minirock gefährlich nach oben rutschte, ohne korrigiert zu werden. Aber zur Beantwortung dieser Frage war ich nicht nach Prag gekommen. Also riss ich mich und meine Männlichkeit weiter zusammen.

»Was mich so neugierig macht, Frau …«

»Sagen Sie einfach Nasti zu mir«, unterbrach sie mich.

»Schön, Nasti, ich frage mich, was der Oberbürgermeister wohl im Kofferraum seines Autos aus Ústí nach Meißen transportiert hat, wer es da hineingetan hat, wer es wieder herausgeholt hat und ob der Oberbürgermeister davon weiß oder vollkommen ahnungslos ist.«

»Ich fürchte, da sind Sie bei mir an der falschen Adresse, Steffen.«

Ich konnte mich nicht erinnern, ihr meinen Vornamen angeboten zu haben. Na ja, egal, nur nicht ablenken lassen.

»Machen wir uns doch nichts vor. Mein alter Freund Pavel war im Drogengeschäft, und ich weiß nicht wie viele, aber sicher einige, der Subunternehmen Ihrer Familie werden sich ebenfalls damit beschäftigen.«

Diese Entwicklung unseres Flirts gefiel ihr nun offenbar nicht, denn sie setzte sich mit einem kleinen Ruck aufrecht in den Sessel und sagte mit spröder Stimme:

»Mein familiärer Hintergrund spielt hier keine Rolle. Ich habe schon lange keine Verbindung mehr nach Moskau. Und ich verbitte mir, mir in irgendeiner Form den Handel mit Drogen zu unterstellen.«

»Ach hören Sie doch auf. Das nehme ich Ihnen nicht ab. Sex und Drogen haben immer schon zusammengehört.«

»Ich habe keine Lust, mir weiter Ihre Vermutungen anzuhören. Ich denke, wir sollten unser Gespräch hier beenden.«

»Haben Sie den Typen auf mich angesetzt, der mich seit Ústí beschattet?«, versuchte ich noch einen Schuss ins Blaue.

Ihr Lächeln war geradezu mitleidig, als sie antwortete:

»Sie nehmen sich zu wichtig, Schroeder. Wenn ich Sie beschatten lassen wollte, dann würden Sie das bestimmt nicht bemerken. Ich hätte Sie bei Ihrer Vergangenheit für intelligenter gehalten. Hier«, und sie machte mit der rechten Hand eine ausladende Geste, die den gesamten Raum bestrich. »Hier spielt die Champions League, zu der scheinen Sie nicht mehr zu gehören. Auf Wiedersehen, Herr Schroeder.«

Sagte es, erhob sich aus ihrem Sessel, die Türen gingen mechanisch auf und ihr ausgestreckter Arm wies mir den Weg. Hier gab es nichts mehr zu holen. Das war mir klar. Allerdings war ihre Reaktion auf mein Fragespiel doch zu heftig, um falsch gedeutet zu werden. Mir war völlig klar, dass hier Drogen mit im Spiel waren. Nur beweisen konnte ich immer noch nichts.

Mein Auftritt hatte knapp dreißig Minuten gedauert. Als ich wieder in der Kaprova stand, hatte die Sonne sich gegen die Wolken durchgesetzt. Was tun mit dem angefangenen Tag? Ich entschloss mich erst einmal dazu, eine flüssige Stärkung zu mir zu nehmen. Ich ging ein paar Gassen weiter in die Husova. Hier gab es kleine Galerien, Kaffeehäuser, das Restaurant *Puskin* und die kleine private Brauerei *U Tří Růží*. Dort fand ich einen freien Tisch in einer Ecke, bestellte mir ein großes Pils und dachte an Hana. Mit einem Tag Abstand und den paar Dingen, die ich erfahren hatte, sah es mit unserer frischen Liebe gleich anders aus. Wenn die Ausführungen der Petrowna der Wahrheit entsprachen, und warum sollten sie es nicht, dann war Hana keineswegs eine von vielen Begleitdamen. Nein, dann war sie eine *der* Begleitdamen. Dann war ihr gesamter Horizont um einiges weiter, als sie es mir dargestellt hatte. Das gab mir zu denken. Einer mit ihrem intellektuellen Rüstzeug und ihrer Position im horizontalen Gewerbe musste es auch ein Leichtes gewesen sein, einen abgebrühten Typen wie mich hinter das Licht zu führen. Heiße Liebesschwüre hin und her, ich gab mir selber den Rat, Hana in Zukunft mit mehr Vorsicht gegenüberzutreten. Dies musste natürlich mit größter Behutsamkeit geschehen, denn wenn sie kein doppeltes Spiel mit mir spielte, würde ich ihre Liebe zerstören, und das wäre nun wirklich mehr als schade.

»Ohne Vertrauen keine Liebe.« So oder ähnlich hatte sie es formuliert. Trotzdem, in meinem Geschäft ist Vorsicht die Mutter in der Porzellankiste. Nach dem dritten Bier, das einfach ausgezeichnet schmeckte und absolut richtig temperiert war, zahlte ich meine Rechnung. Der Nachmittag war immer noch lang. Ich wanderte zum Moldauufer und ergatterte an einem der Bootsanleger eine Schiffsfahrkarte für eine Sightseeing Tour, die gut anderthalb Stunden dauerte. Bevor ich das Schiff mit einer großen Horde amerikanischer und japanischer Touristen bestieg, musterte ich eingehend die Umgebung. So sehr ich mich auch anstrengte, ich entdeckte niemanden, den ich als Schatten hätte ausmachen können. Komisch, dachte ich. Gestern setzten sie so einen dumpfen Clown auf mich an, und heute passiert nichts? Oder mein heutiger Schatten war wirklich ein Schatten. Doch daran zweifelte ich eigentlich. Ich war mir sicher, einen Schatten zu erkennen, so gut er auch sein mochte.

Die Schiffsfahrt verlief angenehm. Die warme Septembersonne verlor zwar bald ihre Kraft, doch ich hatte mich in einer der auf den Stühlen liegenden Wolldecken eingekuschelt, und als wir die Karlsbrücke passiert hatten, schlummerte ich bereits ein.

19

Es war gegen sechs Uhr am kommenden Morgen, als ich aus meinem Hotel aussцheckte. Die schöne Stadt Prag wachte auf, die Blätter an den Bäumen begannen die Farbe zu wechseln und es roch so intensiv nach Herbst. Der Oktober war nah, eine Zeit im Jahr, die ich mochte. In der alles verging und in der dennoch die Kraft und Hoffnung auf neues Leben schlummerte.

Ich nahm mir Zeit. Ich hatte am Vorabend beschlossen, so früh wie möglich aufzustehen, um spätestens gegen Mittag wieder in Meißen zu sein. Die Straßen der Stadt belebten sich langsam mit Menschen, und ich schlenderte in Richtung des Parkhauses, in dem mein Auto stand. Wie schon am gestrigen Tag bemerkte ich niemanden, der sich auf meine Spur gesetzt haben könnte.

Ich bezahlte meine Parkzeit am Kassenautomaten und ging die Treppe bis zum zweiten unterirdischen Geschoss, in dem mein Wagen stand. Es war seltsam still. Ein Gefühl völligen Alleinseins beschlich mich. Meine Schritte klangen hohl auf dem Beton der Treppenstufen, die metallene Tür zum Parkraum öffnete sich ohne jedes Geräusch, vor mir standen die parkenden Wagen in Reih und Glied. Niemand außer mir war anwesend, nirgends ein Geräusch eines startenden Motors.

Ich ahnte die Bewegung hinter mir mehr, als ich sie wahrnahm. Im glänzenden Metall eines der parkenden Wagen blitzte es für ein Sekunde auf, und ich ließ mich instinktiv wie ein Sack zusammenfallen. Ich rollte mich in die Richtung, aus der ich die Bewegung glaubte, wahrgenommen zu haben, und mein Körper prallte gegen fremde Beine. Der Mann flog über mich hinweg, landete aber wie eine Katze auf allen Vieren und wirbelte in einer einzigen Bewegung zu mir herum. In der linken Hand hielt er eine beidseitig geschliffene Klinge von dreißig Zentimetern Länge. Es war ein kleiner, drahtiger Mann mit kräftigen Koteletten und schütterem Haar. In seinen Augen sah ich nichts außer eisiger Kälte. Der Mann war ohne Frage ein Profi. Und ohne jede weitere Frage war er hier, um mich aus der Welt zu schaffen. Irgendwelche verbalen Deeskalationen schienen mir unangebracht. Also zog ich die 44er Magnum aus dem Hosenbund und schoss dem Fremden zwischen seine eiskalten Augen. Die Wucht der Kugel riss ihn regelrecht von den Beinen, hinter ihm klatschte jede Menge Killerhirn und Schädeldecke gegen die Motorhaube eines frisch polierten Audi 8. Ich sprang auf die Beine und sah mich in geduckter Haltung um. Hinter einer Betonsäule trat mein Schatten hervor und zielte mit einer Beretta inklusive Schalldämpfer auf mich. Das sagte mir in diesem Moment ebenso wenig zu wie der Angriff des Stilettomannes. Noch ehe ich das dumpfe Geräusch des Schusses wahrnahm, warf ich mich nach vorn und feuerte im Springen drei Schüsse ab. Die Kugel meines Gegenübers fuhr mir über die linke Schulter und verursachte einen Streifschuss, der höllisch schmerzte. Meine drei Kugeln dagegen teilten sich wie folgt auf: Zwei schlugen nette, große Löcher in den Betonpfeiler, eine durchbohrte die Brust vom Schatten und schleuderte ihn mehrere Meter nach hinten. Ich richtete mich vorsichtig auf und spähte nach allen Seiten, ob es weitere Angreifer zu entdecken gab. Da dies nicht der Fall war, untersuchte ich die beiden Toten nach Papieren. Ohne Erfolg. Ihre Taschen waren vollkommen leer, kein Mobilephone, nicht mal ein Taschentuch. Das Geräusch meiner Schüsse dröhnte mir heftig in den Ohren. So eine 44er Magnum ist nicht gerade leise. Es war ziemlich sicher, dass die Schüsse gehört worden waren. Mit Sicherheit war es nur eine Frage der Zeit, bis hier unten weitere Menschen auftauchen würden. Natürlich auch die Polizei. Die konnte ich gerade gar nicht gebrauchen. Ich beeilte mich, mein Auto zu erreichen, wobei ich bemüht war, darauf zu achten, dass der heftig blutende Streifschuss keine Blutspur verursachte. Ich hatte keinerlei Interesse, hier genetische Spuren zu verkleckern. Natürlich war ich mir nicht sicher, ob mir dies gelingen würde. Ich erreichte meinen Wagen, sprang hinein und schoss aus der Tiefgarage wie Tom Cruise in *Mission Impossible*. Meine Mission war machbar. Ich befand mich schon auf dem Autobahnzubringer, als ich die Sirenen der Polizeifahrzeuge hörte. Zu spät. Ich war weg. Ich musste bald etwas gegen die Blutung unternehmen. Also steuerte ich den ersten Parkplatz an, der zu dieser Stunde zum Glück nicht besonders frequentiert war. Mein Erste-Hilfe-Kasten beherbergte einige Pflaster in nötiger Größe. Ich verarztete mich notdürftig, dann rief ich Andrea an und erzählte ihm von meinem Abenteuer. Wir verabredeten uns bei einer Adresse in Dresden, wo ein hilfsbereiter Onkel Doktor mich wieder zusammenflicken würde, ohne neugierige Fragen zu stellen. Für eine Menge Geld, versteht sich.

»Du hast deine Nase doch wieder in ein Hornissennest gesteckt«, sagte Andrea.

»Sieht so aus. Ich habe aber keinen Schimmer, wer die Oberhornisse ist. Du vielleicht?«

»Nein«, sagte er knapp. Zu knapp?

»Was ist mit Schmidt? Der macht doch Geschäfte mit Petrowna, oder nicht?«, fragte ich.

»Ist anzunehmen. Genaues weiß ich nicht. Ich bin sein ›Schießer‹, nicht sein Buchhalter.«

»Ist schon gut. Wir reden nachher weiter. Ich fahre jetzt. Wir sehen uns in Dresden.«

»In zwei Stunden, bis dann.« Er legte auf.

Eines war mir klar. Wenn Andrea irgendetwas wusste, dann würde ich es nicht von ihm erfahren. Er war seinen Auftraggebern gegenüber loyal. Etwas anderes wusste ich auch mit Sicherheit: Wer immer den Auftrag erhielt, mich umzulegen, Andrea würde es nicht tun.

20

Andrea und ich saßen vor dem Weinladen am Ende der Burgstraße. Wir hatten einen Riesling aus dem Weingut Schuh bestellt. Der sächsische Riesling ist sicher nicht nach jedermanns Geschmack, doch dieser hier war ganz akzeptabel. Ich war sowieso der Auffassung, dass sächsische Weine viel zu teuer in Relation zu ihrem Geschmack waren. Hier neigten die Einheimischen, wie bei vielen anderen Dingen auch, zu einer unglaublichen Selbstüberschätzung. Die Weine der Unstrut waren deutlich schmackhafter, und gegen tschechische oder slowakische Weine zogen die sächsischen deutlich den Kürzeren. Doch das behielt man besser für sich, wenn man nicht zum Landesfeind Nummer Eins erklärt werden wollte.

Ich persönlich trank sowieso lieber Bier.

Der Onkel Doktor hatte mich für fünfhundert Euro auf die Hand wieder gut hergestellt. Er nähte die Wunde mit zwölf Stichen, packte einen Heilverband darauf, bandagierte alles kunstvoll und bestellte mich zum Fädenziehen in einer Woche.

Ich hatte Andrea mittlerweile ausführlich von meinen Abenteuern mit Hana, Gläser und in Prag berichtet. Er hatte dabei zwei Gläser Riesling getrunken, vier Zigaretten geraucht und kein Wort gesagt. Jetzt zündete er eine weitere an, machte genussvoll einen tiefen Zug, dann meinte er:

»Diese Liebesabenteuer scheinen ja alle mit dem Schmuggel irgendeiner illegalen Ware zusammenzuhängen. Und da die Damen alle in der internationalen Oberklasse spielen, dürfte es sich bei der Ware auch um etwas anderes als um Zigaretten handeln.«

»Drogen.«

»Klar, was denn sonst. Es ist ja nicht so mein Ding, über meinen Auftraggeber zu plaudern. In diesem Fall mache ich mal eine Ausnahme. Pavel hat seit seinem Ausstieg aus der Frankfurter Szene keinen Deal mit Drogen mehr gemacht. Das schwöre ich dir. Auf der anderen Seite arbeitet er schon mit der Petrowna zusammen, wenn es um Escort Services geht. Deine Hana war für ihn schon ein paar Mal im Einsatz in Berlin, hast du das gewusst?«

Ich schüttelte mein weises Haupt.

»Nee, ich bin eh der Meinung, dass ich nichts über sie weiß.«

»Ist ja vielleicht gar nicht mal so schlecht, oder? Hält die Spannung hoch.«

»Blödmann«, knurrte ich. »Ebenso gut kann sie nichts weiter als ein Köder sein, dem ich auf den Leim gekrochen bin. Das könnte ich nur schwer verschmerzen.«

Andrea grinste mir frech ins Gesicht, als er vor sich hin trällerte:

»Macho, Macho kannst nicht werden, Macho, Macho musst schon sein.«

»Sehr witzig. Also, wie kriegen wir raus, was in Overstolzens Kofferraum von Ústí nach Meißen geschmuggelt wird?«

»Indem wir den Kofferraum inspizieren, wenn der Herr die nächste Runde dreht.«

»Und wann wird das sein? Meinst du, er behält seinen Rhythmus bei, nachdem ich ihm lästig geworden bin?«

»Das werden wir ja sehen. Du bist doch der Spezialist im Beschatten. Ich habe keine Zeit. Ich muss morgen nach Erfurt.«

»Erfurt? Was musst du denn da? Einen Nobelpuff für KIKA-Angestellte eröffnen?«

Andrea amüsierte sich köstlich. Lachend sagte er:

»Nah dran, Schroeder. Pavel hat fünfzigtausend Kracher für eine Kindertagesstätte gespendet. Und die Kohle überreicht er morgen feierlich.«

»Wie edel«, sagte ich.

»Na klar, was glaubst du, wie viel kriminell erworbene Kohle von den Nutznießern gemeinnützigen Zwecken zur Verfügung gestellt wird? Mehr als du denkst. Und Pavel hat eben ein großes Herz.«

»In jede Richtung.«

»In jede Richtung.«

»Lassen wir das«, knurrte ich. Die doppelte Moral ging mir elend auf den Geist. Nicht wegen Pavel, sondern weil Andrea ja recht hatte. Ich war also auf mich allein gestellt. Auch gut. Ich würde am morgigen Tag mir die Unterlagen von Götz Urban anschauen, wie vereinbart, und danach bliebe mir noch Zeit genug, mich vor dem Haus von Overstolz zu positionieren und auf seine Rückkehr aus Ústí zu warten. Wenn er denn hinführe. Das musste ich halt dem Zufall überlassen. Ich hatte auch noch nicht den leisesten Schimmer, wie ich den Kofferraum seines Autos öffnen konnte. Sei spontan, Schroeder, feuerte ich mich selber an und bestellte mir noch einen Riesling.

Am nächsten Morgen fand ich mich pünktlich in den Büroräumen der Sonnemannschen Kanzlei ein. Die Empfangsdame war instruiert. Sie empfing mich mit großer Freundlichkeit und geleitete mich in das ehemalige Büro von Urban, einem recht kleinen Zimmer mit Ausblick auf die Elbe und die Altstadt mit Burg und Dom. Neben einem Schreibtisch standen drei Klappkartons voll mit Akten. Auf dem Schreibtisch stand eine Thermoskanne mit Kaffee und Milch und Zucker. Es war an alles gedacht.

Die Empfangsdame wünschte mir VIEL VERGNÜGEN und bot ihre Hilfe an, wann immer ich diese benötigte.

Ich genehmigte mir eine Tasse Kaffee und machte mich an die Arbeit. Nach drei Stunden hatte ich den ersten Karton abgearbeitet. Urban hatte seinen Job ordentlich gemacht. Kunden, die in heikle Geschäfte eingebunden werden mussten, hatte er akribisch überprüft. Offenbar mit hervorragenden Computerkenntnissen hatte er sich in E-Mail-Accounts gehackt, Bankbewegungen geknackt und vieles mehr, was absolut verboten war, aber eben wichtig, wenn man eine Zielperson ohne deren Wissen nackig sehen wollte. Wie es aussah, waren die Informationen streng intern ausgewertet worden und hatten den Kanzleibereich nie verlassen. Wie früher bei uns; ich dachte ohne Wehmut an verflossene FBI-Tage und unangenehme CIA-Querelen. Seit Snowden glaubten sowieso nur noch die Superdoofen, dass sie in diesem Land alle Freiheitsrechte genießen könnten und dass das Grundgesetzt kein aus der Zeit gekommener Science-Fiction-Roman sei. Mit modernen Augen betrachtet, hatte der olle Götz alles richtig gemacht und seinen Auftraggeber davor bewahrt, Fehler zu begehen. Aber halt mal, dachte ich. War Götz Urban nicht im eigentlichen Sinne als V-Mann des LKA hier eingeschleust worden, um nach Drogengeschäften zu schnüffeln? Auf die Ausübung dieser Tätigkeit fand ich bislang keinen Hinweis. Auch nicht im zweiten Karton, den ich mir vorgenommen hatte, nachdem mir der CALL A PIZZA-Service eine runde Pappmascheeform mit trockener Tomatensauce und verkohlten Salamischeiben gebracht hatte, die er als Pizza Romana verkaufte, und für die er 7,50 Euro haben wollte. Die Pizza lag mir im Magen wie ein Wackerstein, ich sehnte mich nach einem oder mehr Grappa, und fündig wurde ich auch nicht.

Der dritte Karton brachte keine große Erhellung, obwohl sich das Buch mit den Fahraufträgen darin befand. Ihm war lediglich zu entnehmen, dass die Fahrzeuge mit den mir bekannten Kennzeichen an den Tagen, an denen sie von mir beschattet wurden beziehungsweise den Unfall gebaut hatten, nach den Aufzeichnungen in der Hochgarage gegenüber dem Bahnhof standen. Da der Kilometerstand der vorherigen und nachfolgenden Fahrten keine Abweichungen aufwies, musste also jemand daran gedreht haben. Der Wagen, hinter dem ich her gefahren war, hatte am Tag, bevor ich ihn vor Overstolzens Haus bemerkte, eine Dienstreise nach Berlin hin und zurück unternommen, Fahrer Götz Urban höchstpersönlich. Den konnte ich ja nun nicht mehr fragen. Es wäre also jetzt interessant zu wissen, an welchen anderen Tagen Overstolz in Ústí war und ob es dazu verdächtige Fahrzeugbewegungen hier im Haus gegeben hatte.

Ich rief bei der netten Empfangsdame an und bat darum, mir das aktuelle Fahrtenbuch zu bringen. Hier fand ich keine Hinweise auf Aktivitäten am heutigen Tage. Heute standen alle Autos der Firma brav in der Garage. Hieß das, dass unser Oberbürgermeister heute seinen Rhythmus brechen und nicht nach Ústí fahren würde? Oder bedeutete es am Ende, dass mein Verdacht gegen ihn nichts als eine fixe Idee war und ich mich gefährlich am Wahnsinn entlangbewegte? Wie auch immer, ich fand nirgendwo Anhaltspunkte, dass Urban in illegale Geschäfte verwickelt gewesen war, außer diese harmlosen Verstöße gegen das Persönlichkeitsrecht. Das würde meinen Auftraggeber doch freuen. Ganz glücklich war ich nicht. Mir fehlte das Persönliche des Götz Urban. Wo war sein Laptop, oder hatte er keinen gehabt? Was war mit seinem Mobilephone?

Ich informierte Sonnemann telefonisch vom Ergebnis meiner Arbeit. Und, ja, Urban hatte eine Einzimmerwohnung in Meißen, Kanzleiwohnung. Die Schlüssel würden mir gleich gebracht. Nein, die Polizei hatte nicht danach gefragt.

Ich nahm die Schlüssel in Empfang, verabschiedete mit einem breiten Lächeln mich von der netten Empfangsdame und verließ die Kanzlei. Es war genau 17.25 Uhr.

21

Nach einem kleinen Imbiss fuhr ich raus nach Miltitz und durfte beim Umkurven des Overstolzschen Grundstückes zu meiner Verwunderung feststellen, dass der Herr Oberbürgermeister zu Hause war. In fescher Gartenmontur lief er hinter seinem Rasenmäher her. Da fiel wohl der amouröse Donnerstagsausflug heute ins Wasser. Ehrlich gesagt, hatte ich nichts dagegen. So blieb mir Zeit, die Wohnung von Urban gründlich unter die Lupe zu nehmen und anschließend im *Loch* ein paar kühle Blonde hinter die Binde zu kippen. Also fuhr ich gemütlich durch die stärker werdende Dämmerung zurück nach Meißen und dachte an Hana. Seit ich sie am Montagmorgen verlassen hatte, hatte ich kein Wort mehr von ihr gehört. Ich hatte im Stillen schon gehofft, fast erwartet, dass sie mich anrief. Weit gefehlt. Wollte sie mich auf die Folterbank spannen? Quälen? Meine Liebe testen? Herausfinden, wie lange ich es aushalten konnte, nicht mit ihr wenigstens zu sprechen? Oder hatte sie unser Buch ausgelesen, zugeklappt, ins Regal gestellt und ein neues begonnen? Vielleicht hatte es von ihrer Seite nie ernsthafte Absichten mit mir gegeben. Die Frau war Profi in Liebessachen. Sie kickte in der obersten Liga, da würde es ihr doch leichtfallen, einem liebeskranken Deppen in Meißen ein kleines Theaterstück zu spielen. Wenn es ihr Ziel gewesen war, dabei herauszufinden, was ich Konkretes in Sachen Drogenschmuggel in der Hand hatte, dann war sie ja auch erfolgreich gewesen. Sie wusste jedenfalls, dass ich nichts wusste und außer Vermutungen mit leeren Händen dastand. Wenn sie mit dem Wissen die Organisation briefte, konnten die leicht ein paar Parameter hier und da verschieben, und ich würde weiter im Dunkeln tappen. Wenn das aber so wäre, dann war der Anschlag in der Prager Tiefgarage absoluter Blödsinn gewesen. Es sei denn, er war von einer anderen Seite in Auftrag gegeben worden. Und was war nun mit Götz?

War der tatsächlich freiwillig vom Boselfelsen gehopst, oder war er gehopst worden? Mit meinem Handy klingelte ich das Handy von Gläser an. Der wusste immer noch nichts Neues oder wollte mir nichts berichten. Da ich auch für ihn nichts Neues hatte, hätten wir das Telefonat beenden können. Da fragte er mich doch, ob ich mich in dieser Woche in Prag aufgehalten hätte, und ob ich stolzer Besitzer einer 44er Magnum wäre? Und ob aus der Waffe vielleicht vier Patronen abhanden gekommen sind? Ich gab zu, in Prag gewesen zu sein. An den Besitz einer 44er Magnum wollte ich mich nicht erinnern und fragte, wieso er danach fragte. Er erzählte mir, dass in einer Prager Tiefgarage zwei Männer erschossen worden seien, beide mit derselben Waffe. Und dass Interpol die beiden Herrschaften als russische Auftragskiller identifiziert hatte, die dafür bekannt waren, vor allem Menschen zu beseitigen, die bei der Abwicklung von Drogendeals im Wege waren. Und das würde doch zu mir und meiner Neugier passen, meinte er. Da lag er ja richtig. Dennoch stellte ich mich unwissend. Enttäuscht beendete er das Gespräch. Aha, dachte ich, russische Killer. Familie Petrowna lässt grüßen.

Die Wohnung von Götz Urban lag am Stadtrand von Meißen in der Plattenbausiedlung, die aus vergangenen Tagen übrig geblieben und saniert worden war. Stramm, in Reih und Glied standen die Wohnblöcke da an der Niederauer Straße, umgeben von viel Grün. Der letzte Block blickte über Felder und Wiesen in Richtung Niederau, am Horizont eine kleine Erhebung mit Weinbergen, auf deren Höhe sich eine Waldbühne befand, wo zu Pfingsten verschiedene Chöre ihre Stimmen hören ließen und im Sommer Filme gezeigt oder zur Summer Beach Party geladen wurde.

Im letzten Block befand sich die Wohnung.

Ich parkte mein Auto auf dem Sammelparkplatz. Das Klingelschild verriet, dass hier offenbar kein Leerstand herrschte. So wie früher, als alle DDR-Bürger spitz darauf waren, eine Wohnung in einer der neuen, aus dem Boden gestanzten Plattensiedlungen zu ergattern. Was war das für ein Aufschwung im Sozialismus. Wohnungen für alle, für kleines Geld. Was sagte Walter Ulbricht noch gleich 1961: »Unsere Arbeiter bauen neue Wohnungen, die haben gar keine Zeit für einen Mauerbau.« Was für ein Spaß. Ein paar Wochen später stand sie da, hochgekloppt in wenigen Wochen, damit die Jungs schnell wieder an den Plattenbauten weitermachen konnten.

Das Treppenhaus machte einen sauberen Eindruck, unten standen ein paar Buggys und Kinderwagen. Urbans Wohnung war ganz oben. Ich kletterte also die Treppenstufen hoch. Zu meinem Erstaunen war seine Wohnungstür fest verschlossen. Der Schlüssel passte. Auch im Inneren war alles in bester Ordnung. Damit hatte ich nicht gerechnet. Ich hatte mir gedacht, dass jemand, der von einem Felsen gestoßen wird, auch Besuch in seiner Wohnung bekommt. Besuch vom Verursacher des Stoßes, der nach Beweismaterial sucht, das auf ihn hindeuten könnte. Hier sah alles tipptopp aus. Keine aufgeschlitzten Sofakissen, von der Wand gerissenen Bilder, ausgeschütteten Schubladen, alles war so, wie es sein sollte. Entweder war die Wohnung von einem sehr ordnungsliebenden Gesellen durchsucht worden oder überhaupt nicht. Letzteres ließe vermuten, dass die Wohnung nicht jedermann bekannt war.

Ich machte mich an die Arbeit, fing mit den Schubladen an, inspizierte sämtliche Bilder von vorn und hinten, nahm sie aus dem Rahmen und setzte sie wieder zusammen, schaute unter Teppiche und Sofa, Sessel und Schränke, unters Bett, hinters Bett, durchwühlte jede Kommode und hatte nach drei Stunden alles bis auf das Badezimmer auf den Kopf gestellt. Hier ging ich mit derselben Genauigkeit zu Werke. Nachdem ich auch hier bis zur letzten Zahnpastapackung alles ohne Erfolg untersucht hatte, blieb mir nur noch die Toilette. Ich hatte es noch nicht erwähnt, aber natürlich trug ich bei meiner Tätigkeit medizinische Handschuhe, allein um Fingerabdrücke zu vermeiden. Nun krempelte ich mein Sweatshirt nach oben und fuhr mit dem rechten Arm hinein in die Kloschüssel und hinab in den Schlund. Und siehe da, gleich hinter der Krümmung saß mit einem Spezialkleber befestigt ein Plastikbeutelchen. Darin befand sich ein Schlüssel zu einem Schließfach.

Da es in der gesamten Wohnung keinen Computer, kein Tablet, keinen Laptop und keine Aktenordner gab, nahm ich an, in dem zu dem Schlüssel passenden Schließfach in der Richtung fündig zu werden. Nur wo fand ich das Schließfach? Auf dem Meißner Hauptbahnhof gab es nicht mal öffentliche Toiletten, schon gar keine Schließfächer. Blieb Dresden oder Riesa als nächster Bahnhof. Ich entschied mich für Dresden.

Ohne eine Spur zu hinterlassen, verließ ich die Wohnung, verschloss sorgfältig die Tür und fuhr in die Stadt, wo ich mein Auto an der Elbe parkte.

Mit der nächsten S-Bahn ging es nach Dresden.

Der Bahnhof Dresden-Neustadt hatte schöne Schließfächer, zu denen mein Schlüssel nicht passte. Auch der Hauptbahnhof bescherte mir kein Erfolgserlebnis. Sollte Götz tatsächlich in Riesa ein Schließfach haben. Oder sonst wo? Vielleicht auf den Bahamas? Ausland? Wieso eigentlich nicht? Ich sollte mich besser an einen Schlüsselexperten wenden.

Mein zuverlässiger Schlüsseldienst in Meißen im Elbezentrum brauchte keine fünf Minuten, bis ich erfuhr, dass dieser Schlüssel zu einem tschechischen Schließfach in Ústí gehörte. Wie immer der nette Mann das herausbekommen hatte, war mir schleierhaft. Ich wollte es aber auch gar nicht wissen, sondern legte ihm 20 Euro auf den Tresen, bedankte mich, schnappte mir den Schlüssel und machte mich auf den Weg nach Ústí.

Ústí, immer wieder Ústí. Vielleicht lag hier nicht nur das Schließfach für den Schlüssel, sondern der Schlüssel zur Beantwortung aller meiner Fragen.

Ich kam am frühen Abend in Ústí an, parkte in der Tiefgarage in der City und ging zum Hotel *Na Rychtě*, wo ich problemlos ein Zimmer mieten konnte. Ich hatte nicht vor, mich mit Hana in Verbindung zu setzen, geschweige denn sie zu treffen. Ich hielt es für eine gute Idee, hier ein paar Bier zu trinken und etwas Gutes zu essen. Mit den Bieren fing ich an. Nach zwei halben Litern machte ich mich auf zum Bahnhof, der nicht mal zehn Fußminuten vom *Na Rychtě* entfernt war. Die Wand mit den Schließfächern war recht übersichtlich. Mein Schlüssel mit der Nummer 27 passte zum Schließfach mit derselben Nummer. Darin fand ich nichts außer einem flachen Apple Macbook mit Netzteil. Ich packte beides in meine mitgebrachte Aktentasche. Zurück im Hotel, genehmigte ich mir ein Abendmahl mit Bärlauchsuppe, gebratener Ente nach Art des Hauses und zum krönenden Abschluss einen kleinen tschechischen Käseteller mit geräuchertem Käse und frischem Brot mit Kümmel. Dazu trank ich vier Pils und zwei Obstler. Alles war perfekt wie immer. Gutgesättigt und ebenso gutgelaunt zog ich mit meiner Aktentasche und einem Glas Bier auf mein Zimmer.

Hier erlebte ich eine herbe Enttäuschung. Schon um überhaupt auf die Oberfläche des Apple Macbook von Götz Urban zu kommen, wurde ein Passwort gefragt. Ich versuchte es erst gar nicht. Ich fuhr den Computer wieder runter, verstaute ihn in meiner Aktentasche und legte mich ins Bett. Da half nur ein schöner Traum und morgen ein Hacker erster Klasse. Ich wusste, wo ich den finden würde.

22

Annemarie Wiener hatte den Laptop mit einem fröhlichen Lachen in Empfang genommen. Annemarie war Mitte zwanzig. Eine prächtige Frau, selbstbewusst und offen. Ihr kleiner durchtrainierter Körper stimmte bis ins Detail. Sie trug einen hellbraunen Kaschmirpullover über schwarzen Leggins. Ihre Füße steckten in Stiefeletten, auf deren Sohle garantiert das Prada-Logo zu sehen war. Ihr Haar war tiefschwarz und fiel ihr in einer wilden Lockenpracht bis auf die Schultern. Ihre Augen blitzten, als sie mich keck ansah. Sie fuhr den Rechner kurz hoch, grinste noch mal breit, dann sagte sie:

»Kein Thema, Schroeder, zwei Stunden, fünfhundert Kracher, weil du es bist.«

Ich akzeptierte mit einem Kopfnicken. Mir waren die Stundensätze der jungen IT-Generation durchaus geläufig. Da war Annemarie ja geradezu ein Schnäppchen. Annemarie war eine absolute Spezialistin, wenn es um die Geheimnisse der Computerwelt ging. Es gab nichts, was sie vor echte Schwierigkeiten hätte stellen können. Wir hatten uns vor ein paar Jahren auf einer Party kennen gelernt. Ich fand sie sehr attraktiv. Also baggerte ich sie an. Vergebens. Wahrscheinlich war ich zu alt für sie. Wir landeten also nicht gemeinsam im Bett. Und doch war meine Anbaggerei so etwas wie der Beginn einer guten Freundschaft. Wir gingen zusammen ins Theater, in Museen oder auf Konzerte und führten herrlich philosophische Gespräche. Wenn Annemarie Wiener zwei Stunden sagte, dann meinte sie auch zwei Stunden.

Ich setzte mich in eines der bunten Caféhäuser in der Dresdner Neustadt, die alle irgendwie auf modernen Underground gestylt waren. Mit Wehmut dachte ich an die Geschichten aus den siebziger und achtziger Jahren, den Kensington Market mit seinen Budenkaufhäusern, in denen Afghanenmäntel zu kaufen waren, die echt nach totem Lamm rochen, reichlich bestickt, ein Muss für jeden, der was auf sein Anderssein hielt. Oder die freie Republik Christiania in Kopenhagen, in der Hippies und andere Outlaws ihr Leben so einrichteten, wie sie es wollten. Ohne Ordnungsmacht, Staat und Unterdrückung. In der Dresdner Neustadt nannte man sich mächtig ehrgeizig Bunte Republik, das alles aber ohne Seele, mit einem Sack voller politischer Verbrämtheiten, wie nur die Deutschen sie können.

Der Cappuccino schmeckte trotzdem ausgezeichnet und unter den jungen Mädels waren viele ansehenswerte Exemplare. Zu jung für einen abgehalfterten Privatermittler Mitte vierzig. Außerdem war der ja auch einer professionellen Gesellschafterin auf den Leim gegangen. So langsam fragte ich mich wirklich, was das da zwischen mir und Hana war. Oder besser: gewesen war. In diesem Moment piepste mein Handy und signalisierte eine SMS. Ich zog das Teil aus der Tasche. Auf dem Display stand:

»Ruf mich an, Hana.«

Gedankenübertragung oder was? Egal. Vor der Zeit kam Annemarie und setzte sich zu mir an den Tisch.

»War nicht irre kompliziert. Der Typ hatte zwar vor jedem Ordner ein Passwort, aber easy. Du kommst überall rein. Kohle?«

Sie hielt mir die Hand hin, und ich legte fünf Hunderteuroscheine hinein. Beim Geschäft endete bei Annemarie die Freundschaft. Die Hand verschwand in der Hosentasche. Sie erhob sich, hauchte mir einen Kuss auf die Stirn.

»Man sieht sich«, flüsterte sie und schwebte aus dem Raum, sicher, dass jeder Mann ihr nachsehen würde. Auch ich sah ihr nach, bis sie in der Menge auf der Straße verschwunden war. Wenn ich ehrlich mit mir war, so musste ich eingestehen, dass ich Annemarie Wiener sehr mochte. Und wenn ich noch ehrlicher war, musste ich zugeben, dass ich gern auch mehr als nur ein Freund oder Geschäftspartner wäre. Im Augenblick hielt ich es aber für angebracht, nicht so ganz offen mit mir selber umzugehen. Dafür hatte meine Liebe zu Hana einen zu argen Knick bekommen. Wenn das erst einmal ausgestanden ist, sagte ich mir, machst du um die Frauen für mindestens ein Jahr einen großen Bogen.

Ich schnappte mir den Laptop, zahlte meinen Cappuccino und begab mich auf direktem Wege in mein Büro, um die Geheimnisse des Götz Urban zu ergründen.

Es war schon recht abenteuerlich, was mir der Laptop offenbarte. Sauber geordnet gab es Ordner mit Namen wie Overstolz, Burmeister, Dreher und mehr, ohne Ausnahme Männer der gehobenen Gesellschaft. Der eine war Frauenarzt, der andere Richter am Landgericht, ein Dritter saß für eine angesehene Partei im Landtag. In den Ordnern befanden sich Dateien mit eindeutigen Fotos und Videofiles. Da sah man zum Beispiel Overstolz in knackigem Nappalederoutfit, aus dem vorne sein erigierter Dödel herausragte, mit einer dreizüngigen Peitsche auf eine nackte Blondine einhauen, die mit Handschellen bäuchlings an ein Bett gekettet war. Und vieles Geschmackloses mehr von den anderen Herrschaften dieser Sammlung. Dann gab es Dateien mit der Auflistung, wann wer mit welcher Dame und wie lange – und vor allem, was man den Herren dafür bezahlt hatte. Hier wurde ich zum ersten Mal stutzig. Ich kannte das andersherum. In diesen Fällen waren das ganz stolze Summen zwischen 1500 und 3000 Euro, die die Lover zusätzlich zum erotischen Vergnügen nach vollzogener Tätigkeit von den Damen ohne Quittung in die Hand gedrückt bekamen. Quittungen waren in diesem Rahmen auch nicht nötig. Zum einen gab es die Geldübergaben auf Band oder Foto, zum anderen handelte es sich hier mit Sicherheit um Geld aus dunklen Machenschaften, von dem kein Finanzamt je etwas erfahren hatte. Dann gab es Dateien mit Lieferterminen von Zigaretteneinheiten, also fünfzig Stangen Marlboro hier, zweihundert Stangen Pall Mall da, plus deren exakte Verteilung innerhalb Dresdens sowie des wöchentlichen Ertrags aus dem Verkauf der illegalen Ware. Und da wurde es richtig spannend. Der wöchentliche Umsatz lag pro Stange bei bis zu achttausend Euro. Wie sollte denn das funktionieren? Das funktionierte nur, wenn in den Zigaretten etwas anderes als Tabak war. Man musste kein Hellseher sein, um zu wissen, worum es sich dabei handelte.

Es gab eine Datei mit genauer Angabe von Umschlagplätzen und Decknamen der Dealer inklusive Handynummern.

Das war ja ein cooles System. Da schmuggelte offenbar eine überschaubare Anzahl Prominenter – wahrscheinlich ohne es zu wissen – in regelmäßigen Abständen jeweils an die zwanzig Stangen Zigaretten von Tschechien nach Deutschland und drin war dann Crystal mit einem Marktwert von wenigstens 160.000 Euro. Da waren die Ausgaben für das Sexleben der Kuriere ein Witz. Das System war bombensicher, denn die noblen Herrschaften waren dem Zoll und der Polizei durchweg bekannt. Wenn die mit ihren Karossen ankamen, wurde freundlich gewunken und das war es.

Das alles fand sich auf dem Laptop eines verdeckten Ermittlers des LKA. So ein Schweinehund, dachte ich. Umso mehr, als ich eine Datei fand, in der Urban aufgelistet hatte, wen er wann hatte hoppgehen lassen, damit seine Tarnung nicht gefährdet wäre und er unter die Lupe genommen würde.

Dann gab es noch eine besonders interessante Datei, in der ich nicht nur eine Bankverbindung auf Gibraltar fand, sondern auch das Zugangspasswort und jede Menge TANS. Auf dem Konto war ein Guthaben von 2,8 Millionen Britischen Pfund, nicht schlecht für einen verdeckten Ermittler beim LKA.

Ich blickte auf die Uhr. Es war kurz vor zweiundzwanzig Uhr, Zeit Hana anzurufen. Ich nahm mir vor, den Laptop am nächsten Tag eingehender zu durchforsten. Das würde sicher locker den ganzen Tag in Anspruch nehmen. Was hatten wir denn morgen? Freitag. Ich war gespannt auf Hana, und was sie nach dieser fast zehntägigen Pause der Stille zwischen uns sagen würde. Nachdem ich den Laptop in meinem Wandtresor verstaut und das Ölgemälde von Richard Falkenberg, Schiffe im Hafen, fein ordentlich davor platziert hatte, mixte ich mir in der Küche einen doppelten Gin Tonic mit etwas Eis. Dann wählte ich ihre Telefonnummer.

»Hallo Schatz«, sagte ich.

»Steffen«, flüsterte sie. »Wie schön, dass du anrufst. Ich habe dich so vermisst.«

Nun, davon hätte ich unbedingt etwas mitbekommen, aber es ist doch immer wieder schön, wenn die Frau deiner Träume es zu dir sagt.

»Ich dich auch, Hana. Wie war deine Zeit? Was hast du gemacht?«

»Arbeit. Gute Arbeit. Alles ist wieder gut. Auch Laska ist wieder da. Es ist nichts passiert, und es war auch nichts. Sie hat einfach eine Auszeit genommen. Und ich Idiotin habe gedacht, ihr sei etwas zugestoßen. Nein, alles ist in bester Ordnung.«

»Du weißt gar nicht, wie sehr mich das freut, Hana«, sagte ich.

»Und du, wie ist es dir ergangen? Hast du etwas herausbekommen?«, fragte sie.

Ich hatte mir sehr genau zurechtgelegt, was und vor allem wie viel ich ihr verraten wollte. Natürlich war es ein seltsames Gefühl, der Frau, die man zu lieben glaubte, Verrat und Hinterlist zu unterstellen. Doch ich war schon viel zu lange in dem Gewerbe unterwegs, um nicht mit allem zu rechnen. So lange, so intensiv kannten wir uns auch noch nicht. Also erzählte ich ihr vom plötzlichen Ableben von Götz Urban und meinem Verdacht, dass er tief in alles verstrickt sei. Ich berichtete von meinem Gespräch mit Sonnemann und das mir dieser den Schlüssel für Urbans Wohnung gegeben hatte, in der ich einen Schließfachschlüssel gefunden hatte. Jetzt fing meine Lügenstory an. Ich verschwieg, dass ich das Schließfach samt Inhalt bereits ausfindig gemacht hatte. Dafür erzählte ich von meinem Ausflug nach Prag, dem ergebnislosen Gespräch mit Anastasia Petrowna und den vielen schönen Momenten, die ich in den unterschiedlichsten Lokalen zugebracht hatte. Den Mordanschlag in der Tiefgarage ließ ich ebenfalls weg. Ich wollte sie nicht unnötig verängstigen. Wenn sie ihre Finger mit im bösen Spiel hatte, wusste sie sowieso schon davon.

»Wie schade, dass du so gar nicht viel weitergekommen bist«, sagte sie am Ende meines Berichtes.

»Glaubst du denn, das mit dem Schließfach wird etwas bringen?«

»Um ehrlich zu sein«, antwortete ich, »habe ich nicht die leiseste Ahnung, wo ich dieses Fach finden könnte. Die Informationen auf dem Schlüssel sind zu dünn. Ich kann es also überall suchen, in Meißen ebenso wie auf dem Rest der Welt.«

»Und was wirst du unternehmen?«

»Ich habe da einen Freund in Frankfurt, dem habe ich ein Foto von dem Schlüssel geschickt. Vielleicht kann der mir helfen.«

»Das wünsche ich dir sehr, mein Schatz. Ich wär froh, wenn du mit dieser Arbeit endlich fertig werden würdest, damit wir mehr Zeit füreinander hätten.«

»Wann sehen wir uns das nächste Mal?«, fragte ich sie.

»In der nächsten Woche habe ich noch drei Termine. Ich dachte, am kommenden Freitag zu dir zu kommen und dann etwas länger zu bleiben. Und, ach nein, das verrate ich dir noch nicht. Ich habe eine riesige Überraschung für dich. Mach dich einfach über das Wochenende frei, und lass dich von mir überraschen.«

Das versprach ich ihr. Wir wechselten noch einen Haufen liebevoller verbaler Sexeinheiten, die man so austauscht, wenn man hundert Kilometer voneinander entfernt nur mit einem Telefon verbunden ist.

Dann verabschiedeten wir uns und legten auf.

Ich hatte also eine ganze Woche Zeit, herauszufinden, ob Hana wirklich mein Schatz war. Ich würde die Zeit nicht verplempern. Jetzt aber legte ich mich mit einem doppelten Whisky ins Bett, las ein paar Seiten in dem neuen Roman von Jonas Jonasson – *Der*

Hundertjährige, der aus dem Fenster stieg und verschwand hatte mir bedeutend besser gefallen –, leerte meinen Whisky, löschte das Licht und war bald darauf im Land der Träume verschwunden.

23

Ich hatte mich mit meiner Zeitplanung hinsichtlich einer genauen Durchsicht von Götz Urbans Rechnungen ziemlich verpeilt. Die Dateien waren wesentlich umfangreicher, als ich auf den ersten Blick angenommen hatte. Die Bilddateien enthielten zusätzlich personenbezogene Informationen. Detailliert war zu lesen, was die jeweilige Person beruflich machte, was sie verdiente, wie ihr Verhältnis zu Luxus, sozialem Engagement, Sport, Kultur bis hin zu sexuellen Neigungen war.

Die sexuellen Interessen waren ja im Eigentlichen der wichtigste Gegenstand für Urban und Genossen. Hier wurde exakt aufgeführt, was gewünscht und verlangt und wie es bedient wurde.

Insgesamt zählte ich vierzehn Personen des öffentlichen Lebens, alle männlichen Geschlechts. Für jeden war so etwas wie eine fallbezogene Vita angelegt. Die begann an dem Tag, an dem die Person zum ersten Mal kontaktiert wurde. Dazu gab es eine Reihe Fotografien und ein Video. Bei unserem reizenden Oberbürgermeister zum Beispiel spielte sich das erste Treffen in Litoměřice ab, der tschechischen Partnerstadt von Meißen. Den Fotos nach zu urteilen, handelte es sich um ein offizielles Bankett. Jedenfalls war eine lange, festlich gedeckte Tafel abgebildet, an der Damen und Herren in feiner Abendgarderobe dinierten. Neben unserem Oberbürgermeister saß zur Rechten ein Herr Ende fünfzig mit weißem Haar und einem feinen Schnauzbart. Der Bürgermeister von Litoměřice, soweit ich mich erinnerte. Und zu seiner Linken strahlte ihn Anastasia Petrowna an. Aha, dachte ich, das war wohl eine Chefsache. Es gab eine ganze Handvoll Bilder. Der OB und Nasti beim Plaudern, beim Tanzen und am Ende beim Sex. Dazu gab es auch ein lebhaftes Video. Dabei wurde auch Overstolzens Hang zum Sadismus angedeutet. In den Aufzeichnungen war ausgiebig zu lesen, welche Neigungen er hatte. Die wurden dann bei den folgenden Abenteuern in Ústí auch ordentlich bedient. Dazu gab es, wie schon erwähnt, eine genaue Buchführung.

Ich verzichtete auf ein Mittagessen in der Stadt. Anstelle dessen ließ ich mir eine Portion Nasi Goreng kommen, die durchaus essbar war. Es war bereits früher Abend, als ich mit meiner Arbeit zum Ende kam. Das Ergebnis war genau genommen ungeheuerlich. Urban war so etwas wie der Logistiker eines reibungslos funktionierenden Drogenrings, gekoppelt an professionelle Prostitution der Spitzenklasse.

Während die ausgesuchten deutschen VIPs fröhlich vögelten, packte man ihnen unbemerkt kiloweise in Zigaretten verpacktes Crystal in den Kofferraum. Die Autoschlüssel wurden bereits in der ersten Nacht fachmännisch kopiert. Die durch Presse, Funk und Fernsehen bekannten Herrschaften kamen stets unbehelligt über die Grenze, die Ware wurde heimlich umgeladen und an diverse Zigarettenläden in Dresden verteilt, von wo aus der weitere Kleinvertrieb über zig Straßendealer bedient wurde. Respekt, dachte ich. Damit hatte sich Urban einen netten Batzen Geld gesammelt, den er auf einem Konto in Gibraltar geparkt hatte. Ich musste allerdings davon ausgehen, dass er nicht der Kopf dieser Unternehmung war. Wer aber könnte es gewesen sein? Pavel Ostrowski? Andrea behauptete, dass Pavel seine Finger aus dem Drogengeschäft gezogen hatte. Und Andrea hatte mich noch nie belogen. Wer dann? Anastasia Petrowna natürlich. Aber würde die Chefin von dem Ganzen ins aktive Bumsgeschäft einsteigen? Unwahrscheinlich. Eines war jedenfalls absolut sicher. Sonnemann hatte mit alledem nichts zu tun. Der war nur benutzt worden. Und zwar so geschickt, dass das LKA sich hatte blenden lassen. Überhaupt machte die Behörde keine gute Figur. Es konnte doch eigentlich nicht angehen, dass Urban vollkommen unbemerkt sein doppeltes Spiel aufziehen konnte. Ich hatte Gesprächsbedarf. Mit Sonnemann, mit Gläser, mit Andrea und mit Hana. Denn die kam in dem ganzen Rechner von Götz Urban nicht ein einziges Mal vor. Was bedeutete, dass sie mich angelogen hatte oder dass ihre Bilder einfach nur fehlten.

Ich hatte keine Lust mehr, schaltete den Laptop ab, steckte ihn in meinen Aktenkoffer und fuhr in die Stadt. Mir war jetzt nach Ouzo, nach ganz viel Ouzo zumute. Ich parkte mein Auto vor meiner Haustür, lief den Baderberg runter zum Theater, das ich rechts umkurvte, und schon stand ich vor dem Griechen.

Mein Stammplatz gleich gegenüber der Theke war frei, Ralf hatte schon seinen Dienst angetreten, nichts konnte mehr danebengehen. Ich bekam meinen Ouzo und ein Bier, bestellte die Fischplatte für eine Person und widmete mich genüsslich den Garnelen und den großen Tintenfischen, die gut gesalzen im Paniermehlmantel in heißem Öl gebacken waren. Ich genehmigte mir noch ein paar Bier, dann war ich gesättigt, zufrieden und müde. Ein Blick auf die Uhr verriet mir, dass es gegen zweiundzwanzig Uhr war. Was hatte Sonnemann noch gleich gesagt? Ich könnte ihn zu jeder Zeit anrufen. Also tat ich es. Er ging tatsächlich an sein Telefon, und er war auch überhaupt nicht böse, als er meine Stimme hörte. Ich erklärte ihm, dass ich doch recht interessante Ermittlungsergebnisse hätte, und dass die besser unter vier Augen besprochen werden sollten. Das meinte er auch. Wir verabredeten uns auf den nächsten Morgen in seiner Kanzlei um zehn Uhr.

24

Ich war frischgeduscht, frischrasiert. Der Jahreszeit entsprechend hatte ich mich herbstlich gekleidet. Ich trug eine hellbraune Breitcordhose, einen schwarzen Mohairpullover, eine Harris-Tweed-Jacke und Wildlederschuhe. So stand ich am Morgen mit einer Tasse dampfendem Kaffee auf meinem Balkon und blickte über die Dächer von Meißen. Das Ensemble der Altstadtdächer ist wunderschön. Wild verschachtelt breiten sie sich von unterhalb der Burg bis hin zur Elbe aus. Wie ein wogendes Meer aus roten Biberschwänzen. Die Altstadt von Meißen ist eine Reise wert. Sie kann ein Lebensziel sein. Schon bevor ich vor zwei Jahrzehnten in den Westen rübergemacht hatte, hatte ich die Altstadt geliebt. Aber heute, nach all den sorgfältigen Sanierungen, auf die der Denkmalschutz Gott sei Dank ein mehr als kritisches Auge geworfen hatte, heute war sie schön wie eine Geliebte. Diese Schönheit machte so manches wett, was in dieser Stadt im Argen lag. Warum, so fragte ich mich, empfinden die Meißner nicht dieselbe tiefe Liebe zu ihrer Stadt und füllen sie mit Leben. Warum sind am Abend die Gassen leer, die Kneipen unbesucht? Warum swingt und wogt das Leben hier nicht im Einklang mit der Schönheit der Stadt? Ich hatte darauf keine Antwort.

Lag es unter Umständen an dem seltsamen Blick auf sich selbst, mit dem viele der Menschen hier ihr Leben gestalteten? Ich vergesse nicht das Erlebnis in einem Supermarkt. Ich stand an einer Tiefkühltruhe, aus der ich mir eine Packung tiefgefrorenen Thunfisch herausgeholt hatte, als mir ein Mensch von hinten mit seinem Einkaufswagen ins Kreuz rasselte. Als ich mich umdrehte, sagte der Mann zu mir: »Aufpassen, Meister!«

Du siehst eben nicht mehr das Ganze, wenn du nur auf dich selber schaust.

Ich dachte an Hana. Ich hatte Geld von ihr genommen. Ein Auftrag sollte das sein. Der Auftrag, ihr Leben zu beschützen. Doch es gab da gar nichts zu beschützen. Das war nicht gut. Wie so vieles. Ich hatte mich tatsächlich Hals über Kopf in diese Frau verliebt. Was für eine unverzeihliche Dummheit. Jetzt bröckelte diese Liebe. Viel zu viele unbeantwortete Fragen standen im Raum. Die wohl wichtigste Frage war, ob sie ein doppeltes Spiel mit mir trieb.

Je mehr ich die Fakten aneinanderreihte, desto mehr war ich mir dessen sicher. Doch es fehlte der Beweis. Dennoch, ich hatte mich in der Vergangenheit selten getäuscht, wenn ich misstrauisch geworden war. Egal wie bitter es am Ende auch ausgegangen war, mein angeborenes Misstrauen erwies sich immer als berechtigt.

Ich schüttelte mit dem Kopf und leerte meine Tasse Kaffee. Es wurde Zeit, zu Sonnemann zu fahren. Also packte ich die Aktentasche mit dem Laptop. Beim Verlassen der Wohnung markierte ich die Wohnungstür, in dem ich eines meiner Haare unten an der Tür über Türblatt und Zarge klebte. In meiner Wohnung hatte ich auf diese Weise einige Schubladen, Türen und den Tresor präpariert. Ein alter Trick. Sollte jemand eindringen und die Wohnung sorgsam untersuchen, so würde er kaum auf die fast unsichtbaren Haare achten. Ich aber würde Bescheid wissen, wenn diese abgerissen würden.

Sonnemann empfing mich schon an der Rezeption und führte mich in sein Büro. Er hatte, wie versprochen, ein Frühstück vorbereitet. Es gab frisches Rührei, frische Brötchen, Aufschnitt und Kaffee aus der italienischen, teuren Kaffeemaschine.

»Was haben Sie für mich?«, eröffnete er unser Gespräch.

Ich holte den Laptop aus meiner Aktentasche, stellte ihn vor Sonnemann und sagte:

»Konzentrieren Sie sich für den Anfang auf das File von Overstolz, das wird schon etwas dauern. Alles Weitere werde ich Ihnen dann erklären.«

Während Sonnemann sich dem Computer zuwandte, widmete ich mich dem Frühstück.

Es dauerte wirklich eine Weile. Aus seinem anfänglichen Stirnrunzeln wurde bald pures Entsetzen. Schließlich erhob er sich von einem Stuhl und ging an einen Beistelltisch, auf dem mehrere Flaschen mit teurem Hochprozentigen standen. Er goss sich einen mehr als doppelten Cognac ein.

»Das kann ich jetzt gebrauchen«, sagte er und stürzte den Inhalt auf einmal hinunter. Dann setzte er sich wieder mir gegenüber.

»Das ist reichlich starker Tobak«, sagte er.

Ich nickte.

»Was gibt es noch auf diesem Rechner?«, fragte er, und ich hielt ihm einen ausführlichen Vortrag.

»Für Sie ist es sicher wichtig, dass es keinerlei Hinweise gibt, dass Sie oder Ihre Kanzlei in diese Schweinereien verwickelt sind«, beendete ich meine Rede.

»So weit, so gut«, meinte er. »Dennoch ist auf diesem Rechner so viel Sprengstoff, der in keinem Fall gezündet werden darf. Ich kenne alle der hier involvierten Personen. Wenn das in die Hände der Polizei fällt, gibt es eine Lawine von Skandalen, die am Ende ein gut funktionierendes soziales und politisches System völlig zerstören wird. Das darf nicht geschehen.«

»Wie darf ich das verstehen?«

»Sehen Sie, Schroeder, nur am Beispiel des Oberbürgermeisters. Der macht in dieser Stadt vielleicht nicht den besten Job. Aber wenn das an die Öffentlichkeit gerät, ist das Image der Stadt Meißen bis in die Wurzeln beschädigt. Stellen Sie sich allein die Auswirkungen auf den Fremdenverkehr vor. Oder auf neue wirtschaftliche Impulse. Wer will sich schon mit einer Stadt identifizieren, geschweige denn in sie investieren, wenn sie als Drogenumschlagmetropole denunziert ist und ihr Oberbürgermeister als sexkranker Drogenkurier geoutet wird? Niemand. Und gleiches gilt für die anderen Betroffenen.«

»Schön und gut«, warf ich ein. »Was aber soll dann geschehen?«

»Hm«, machte er. »Ich habe das doch richtig verstanden? Keiner der hier Genannten wusste von den Drogen?«

»So stellt es sich jedenfalls dar.«

»Gut. Die zugegeben geschmacklosen erotischen Neigungen der Herren sind aber nicht strafbar. Wenn also die Verbindung zwischen den Sexspielchen und den Drogen verschwände, wären die Skandale schon mal eingegrenzt.«

»Verstehe«, sagte ich.

Sonnemann erhob sich und schenkte sich noch ein Glas ein.

»Wenn auf diesem Rechner lediglich die Transporte der Drogen mit den Wagen meines Fuhrparks vermerkt wären, und für deren Einsatz war Urban verantwortlich, dann stünde allein er als Schuldiger da. Und es gäbe dennoch Material genug, um den Handel in Dresden auszuheben, sehe ich das richtig?«

»Richtig. Aber das bedeutet, dass dieser Rechner erheblich manipuliert werden müsste. Und zwar so, dass er wirklich keinerlei Spuren mehr gibt.«

»Genau.«

»Sie sind sich aber klar darüber, dass wir nicht wissen, ob es einen anderen Rechner mit denselben Beweisen gibt?«

Sonnemann nickte.

»Sicher. Der wird, wenn es ihn gibt, bei den Tschechen zu finden sein.«

»Wenn er überhaupt noch existiert.«

»Also, Butter bei die Fische. Können Sie dafür sorgen, dass der Inhalt des Rechners so verändert wird, dass diese Herrschaften nicht in Mitleidenschaft gezogen werden?«, fragte Sonnemann.

Ich zögerte. Sicher könnte ich das mit Hilfe von Annemarie bewerkstelligen. Aber wäre das in Ordnung? Könnte ich mit absoluter Sicherheit ausschließen, dass keiner der Herrschaften von dem Stoff wusste? Genau das fragte ich Sonnemann. Er versicherte mir, dass er umgehend jeden Beteiligten kontaktieren und eidesstattliche Erklärungen beibringen würde.

»Okay«, sagte ich. »Aber das wird nicht billig. Wer trägt die Kosten?«

»Um wie viel Geld wird es sich handeln?«

»Fünfzehntausend müssen Sie schon ansetzen. Und dann will ich herausfinden, wer hinter dieser ganzen Schweinerei steckt. Das kostet wenigstens meine Reisen, noch mal fünftausend.«

»In Ordnung. Ich zahle Ihnen dreißigtausend all in. Und Sie sorgen dafür, dass wir eine Kopie der Originalplatte bekommen. Als Sicherheit, für alle Fälle. Wie lange brauchen Sie dazu?«

»Das kann ich jetzt nicht sagen. Ich muss telefonieren.«

»Tun Sie das, und setzen Sie mich umgehend in Kenntnis.«

Ich hatte den Eindruck, dass Sonnemann glaubte, alles Wichtige sei gesagt worden. Dem war aber nicht so.

»Da ist noch etwas«, sagte ich.

»Was?«

»Der Tod von Götz Urban. Ich glaube, ich weiß, wie er ums Leben kam. Ich muss es nur beweisen. Und ehe das nicht geklärt ist, werde ich keine weiteren Schritte unternehmen.«

»Aha, und wie, glauben Sie, ist Urban ums Leben gekommen?«

»Ich glaube, dass Overstolz ihn von den Boselklippen gestoßen hat.«

»Overstolz? Wie wollen Sie das denn beweisen?«

»Er muss es zugeben«, sagte ich. »Und dazu muss ich mit ihm reden, in Ihrem Beisein. So schnell wie möglich.«

Sonnemann dachte einen Moment nach. Dann erhob er sich und verließ den Raum.

Ich genehmigte mir eine weitere Tasse Kaffee und wartete. Nach wenigen Minuten betrat Sonnemann das Zimmer.

»Heute Nachmittag, sechzehn Uhr, hier in meinem Büro.«

»Gut. Bis dahin.«

Wir schüttelten uns die Hände.

Irgendwie mochte ich diesen Typen. Er machte keine Umwege, kam direkt zur Sache. Gefiel mir.

25

Vor meiner Wohnungstür prüfte ich, ob mit meinem einen Haar in der Zwischenzeit etwas geschehen war. Und es war. Das Haar war abgerissen, also hatte jemand in meiner Abwesenheit die Tür geöffnet. Am Schloss waren keinerlei Hinweise auf Gewaltanwendung zu finden. Da hatte jemand entweder das richtige Dietrichhandwerkszeug oder einen Nachschlüssel benutzt. Ich lauschte an der Tür. In meiner Wohnung war es mucksmäuschenstill. Vorsichtshalber zog ich meine Smith & Wesson, entsicherte sie und öffnete die Tür so lautlos wie möglich. Meine Wohnung war leer, und sie sah so aus, als ob niemand sie betreten hätte. Alles stand ordentlich an seinem Platz, nichts war auffällig verrückt, keine herausgerissenen Schubladen, aufgeschlitzten Sofakissen oder ähnliche Vandalenstückchen. Hier hatte entweder keiner etwas gesucht oder er war mit absoluter professioneller Hand vorgegangen. Ich überprüfte meine restlichen Haarmarkierungen, dann war mir klar, dass es die professionelle Hand gewesen war. Gefunden hatte mein unbekannter Besucher natürlich nichts. Denn den Schließfachschlüssel hielt ich ebenso wie den Laptop immer schön bei mir. Es war also nichts passiert. Oder doch. In der Luft hing ein leichter Duft von Chanel N° 5, der mich traurig stimmte. Mein Verdacht veränderte sich immer mehr in Richtung Gewissheit. Ach Hana, seufzte ich. Dann griff ich zum Telefon, um Annemarie Wiener anzurufen.

Den Rest des Nachmittags brachte ich damit zu, eine genau Liste meiner Anweisungen zu verfassen, was Annemarie wie auf Urbans Rechner löschen, verändern, schminken, kurz: manipulieren sollte. Ganz wohl war mir bei der Sache nicht. Ehrlich gesagt waren mir die Herren prominenten Arschlöcher und deren Schicksale reichlich egal. Schließlich waren sie alle miteinander doof genug, oder geil genug, oder geldgeil und doof genug, um in die Angelegenheit hineingeschliddert zu sein. Was scherte mich die Zukunft eines Richters am Landgericht, der sich in Sachen Erotik gern zum Häschen machte und dem es pralle Lust verschaffte, wenn ihm eine beledert Blondine mit nackten Brüsten den Arsch versohlte? Genau genommen nichts. Auf der anderen Seite konnte ich mich den Argumenten von Sonnemann auch nicht verschließen. Der Skandal würde nicht nur auf dem Rücken der Beteiligten ausgetragen werden. Und wirklich strafbar hatten sie sich ja auch nicht gemacht. Ich ging schon davon aus, dass keiner der geilen Böcke auch nur den Schimmer einer Ahnung von der heißen Fracht in seinem Kofferraum hatte. Wenn Sonnemann die eidesstattlichen Erklärungen beibrachte, waren wir ja auf der sonnigen Seite des Rechts.

Ich würde am Ende Gläser einen Rechner übergeben, dessen Inhalt den gesamten Crystal-Verteilerring in Dresden und drumherum in die Luft jagen und Urban als Hauptinitiator darstellen würde. Das war peinlich für das LKA. Aber da die Genossen, genauso wie das FBI, der CIA, die NSA und wie sie alle hießen, Meister im Verschleiern eigener Sauereien waren, würde Urbans kriminelle Tätigkeit kaum ins Gewicht fallen. Blöd war nur, dass ich immer noch keine Ahnung davon hatte, ob der Escort Service und der Crystalhandel von derselben Zentrale gesteuert wurden. Ob also Anastasia Petrowna und ihre Familie die Finger im Spiel hatten. Vielleicht auch noch ganz andere Gestalten, die ich nicht kannte, die noch nicht in das Spiel eingegriffen hatten. Und dann war da ja noch Hana. Ich war mir tief in meinem Inneren klar darüber, dass sich ihre Rolle in naher Zukunft klären würde. Und darauf war ich nun wirklich nicht scharf.

Kurz vor sechzehn Uhr packte ich den Laptop zusammen und verließ meine Wohnung wieder in Richtung Kanzlei Sonnemann.

Der Audi A8 unseres Oberbürgermeisters stand bereits auf dem Kundenparkplatz vor Sonnemanns prachtvoller Bauhauskanzlei. Die aparte Empfangsdame, die heute Dienst hatte, geleitete mich auf direktem Weg in Sonnemanns Büro.

Der Herr Oberbürgermeister stand mit versteinerter Miene vor dem großen Fenster mit Blick über die Elbe und das Weinanbaugebiet Spaar und starrte ins Leere. Sonnemann saß mit übereinandergeschlagenen Beinen auf einem der bequemen Besuchersessel. Er sprang mit jugendlichem Elan auf, als ich eintrat, und begrüßte mich herzlich. Mit einem Wink zu einem der anderen Sessel forderte er mich zum Setzen auf, dann sagte er zu unserem Oberbürgermeister:

»So, Karl-Heinz, dann lass uns mal zur Sache kommen.«

Aha, Karl-Heinz hieß Overstolz also mit Vornamen. Das hatte mich in der Vergangenheit nie interessiert. Ich glaube, niemand in Meißen wusste, wie Overstolz mit Vornamen hieß. Karl-Heinz Overstolz drehte sich unwillig um, nahm mir gegenüber Platz, wobei er ein »Tach Schroeder« knurrte.

Freundlich geht anders.

»Was haben Sie ihm bisher berichtet?«, fragte ich Sonnemann.

»Nichts«, antwortete dieser, was mich dann doch erstaunte. Also hakte ich nach.

»Nichts? Wie kommt es dann, dass Herr Overstolz trotz eines sicher prallgefüllten Terminkalenders von Eben auf Jetzt Zeit hat?«

»Herr Overstolz ist seit Jahren mein Mandant, das wissen Sie doch, Schroeder. Da reicht schon mal ein Anruf mit dem Hinweis auf Dringlichkeit.«

»So ist es, und nun kommen Sie mal zur Sache«, fuhr Overstolz unwirsch dazwischen. Ich hatte genug von der Arroganz, der Selbstherrlichkeit, die er offenbar gern an den Tag legte.

Zu Sonnemann gewandt, sagte ich: »Ich mache es dann mal, Herr Sonnemann, so wie ich es für richtig halte. Okay? Bitte lassen Sie mich, unterbrechen Sie nicht, am Ende sind Sie ja sowieso wieder am Zug.«

Sonnemann nickte, und ich wendete mich Overstolz zu.

Ich hatte mir von den verschiedenen Szenen mit ihm ein paar Ausdrucke gemacht, die ich jetzt kommentarlos vor ihm auf dem kleinen Tisch ausbreitete, der uns voneinander trennte.

»Bingo«, sagte ich fröhlich lächelnd. »Und jetzt sind Sie dran.«

Overstolz beugte sich über die Fotos. Die gesunde Farbe wich aus seinem Gesicht, und als er jetzt den Kopf erhob, um mich anzublicken, sah er besorgniserregend krank aus.

»Ich …«, stotterte er.

»Ich glaube, du brauchst etwas zur Stärkung«, sagte Sonnemann, wobei er ihm ein Glas Cognac hinhielt, das er zur Vorsicht wohl vorher schon eingeschenkt hatte. Overstolz nahm das Glas mit leicht zittrigen Händen und trank es in einem Zug leer. Dann stellte er es schwer auf den Tisch, atmete tief durch.

»Wo haben Sie die her?«, fragte er mich mit wieder erstarkter Stimme. Offenbar hatte der Cognac geholfen, und Overstolz war auf dem besten Wege, wieder zum starken Mann zu werden. Daran war mir jedoch gar nicht gelegen.

»Wissen Sie was, Overstolz«, sagte ich genervt, »ich rate Ihnen, jetzt von dem hohen Ross runterzukommen und ganz kleine Brötchen zu backen.«

»Sie hören mir …«, brauste er auf.

»Nee, Sie hören mir jetzt zu«, schnauzte ich, während ich mit der flachen Hand auf den Tisch schlug. »Wir sind hier nicht im Stadtrat. Und wir sind hier auch nicht bei ›Wünsch Dir was‹. Wir sind hier, um von Ihnen persönlich zu erfahren, was Sie zu diesen und weiteren Schweinereien zu sagen haben. Und wenn wir damit fertig sind, beraten Sie und Ihr Anwalt, ob es einen Weg gibt, Ihren Kopf aus der Schlinge zu ziehen. Und wenn mir der Weg gefällt, dann gehen wir ihn vielleicht.«

»Sie«, fuhr Overstolz mich an. »Ich habe Ihnen schon mal gesagt, dass ich mich nicht erpressen lasse. Und Sie wagen es erneut, vor meinem Anwalt. Das muss ich mir nicht bieten lassen.« Er machte doch tatsächlich Anstalten, sich zu erheben.

»Sitzen bleiben«, zischte ich. Er starrte mich böse an, machte ein grunzendes Geräusch und stand auf. Ich zog die Smith & Wesson aus dem Schulterholster, legte sie auf meine Knie, dann sagte ich:

»Hinsetzen.«

»Das ist ...«, murmelte er.

»Hinsetzen, Klappe halten und aufpassen«, sagte ich mit leiser Stimme. Und Herr Oberbürgermeister Karl-Heinz Overstolz setzte sich. Und er hörte zu.

Ich zeigte ihm weitere Aufnahmen, auch welche, auf denen er Geld entgegennahm, erzählte ihm ein wenig vom Prinzip Sex und Drogen, legte ihm Bilder mit der Beladung und Entladung seines Kofferraums vor. Nannte ihm Zahlen, seine Einnahmen, die Gewinne durch den Verkauf der Drogen. Er wurde immer kleiner, immer blasser, bis er am Ende fast durchsichtig wirkte.

»Und das, mein lieber Herr Oberbürgermeister, das ist das Bild eines korrupten Politikers, der seinen Schwanz nicht in der Hose behalten kann und dadurch zum Drogenkurier wurde. Was sagen Sie dazu?«

Overstolz brauchte lange, genau genommen zwei weitere Gläser Cognac. Dann räusperte er sich. Seine Stimme war belegt, als er sagte:

»Das ist alles so nicht ganz richtig. Also ja, der Sex, ja. Aber die Drogen, nein. Davon habe ich nichts gewusst.«

»Das ist doch blanker Unsinn. Wofür haben Sie denn das ganze Geld bekommen.«

»Jaja«, haspelte er, »das sieht komisch aus. Und das werden Sie mir auch nicht glauben. Also, nach dem ersten Mal, da in Litoměřice, da kam ein paar Tage später dieser Urban zu mir ins Büro. Ich kannte den Kerl nicht, hatte auch keine Ahnung, dass er hier in der Kanzlei beschäftigt war. Also, ich hatte ihn nie gesehen, vorher. Und nun kam er und wusste alles über die Nacht da, und dann machte er mir den Vorschlag, doch regelmäßig zu Sexabenteuern nach Ústí zu kommen. Er erklärte, dass er Vertreter einer seriösen Escort Firma in Prag sei, die großen Wert darauf legte, zu erfahren, wie ihre Damen denn so drauf sind. Also, in allem. Dass die Firma Testpersonen suchte, damit man am praktischen Beispiel verfolgen könnte, ob die Damen reif für höhere Einsätze seien, so internationale Diplomaten und so weiter. Das sollte auch bezahlt werden. Na ja, und da habe ich mich darauf eingelassen.«

Ich konnte ein lautes Auflachen nicht vermeiden. Der war ja durch nichts zu toppen. Aber wahrscheinlich fährst du im Laufe der Zeit auf so eine Denke ab, als Berufspolitiker, dessen Alltag aus immer neuen interessanten Angeboten jeglicher Couleur besteht.

»Sie sind ja wirklich eine Granate, Herr Oberbürgermeister«, meinte ich gutgelaunt. »Mit den Fotos, die die Geldübergabe belegen, haben die Knaben aus Ústí und so Sie doch prima in der Hand. Wie wollen Sie denn beweisen, dass Sie das Geld nicht für den Drogentransport bekommen haben?«

Der Oberbürgermeister wurde noch eine Nummer kleiner. Wenn das so weiterging, würde er am Ende ganz verschwunden sein. So lange wollte ich nicht warten, denn mich interessierte etwas ganz anderes.

»Bei der Geschichte kann ich Ihnen helfen, aber nur, wenn Sie bei einer anderen Sache offen und ehrlich mit mir sind«, schlug ich vor.

»Wie wollen Sie mir helfen? Und was für eine andere Sache meinen Sie, Schroeder?«

»Ich kann Ihnen helfen, das sollte Ihnen fürs Erste genügen. Und die andere Sache? Nun, ich habe hier die Kopie von Urbans Kalender, und da steht, dass er sich an dem Tag, an dem er vom Boselfelsen gefallen ist, mit OB O um zweiundzwanzig Uhr treffen wollte, Und nun raten Sie mal, wo das sein sollte?«

Overstolzens Gesicht verfärbte sich erneut. Es bekam neben der Blässe noch einen Touch Blau dazu. Ich fürchtete schon, dass sein Herz nicht mehr mitspielen würde, daher redete ich schnell weiter.

»Ich glaube, dass OB O für Oberbürgermeister Overstolz steht. Sie hatten wohl die Schnauze voll. Oder sind ihm auf die Schliche gekommen mit seinen illegalen Kurierdiensten. Jedenfalls haben Sie sich gestritten, und dabei haben Sie ihn über die Klippe geschubst. Was meinen Sie, war es so?«

Overstolz starrte vor sich, das leere Cognacglas in beiden Händen haltend.

»Nimm noch einen Schluck«, forderte Sonnemann ihn auf und füllte das Glas. Overstolz trank, dann streckte sich sein Körper. Er wollte sich offenbar zusammenreißen. Jedenfalls sah er mir mit klarem Blick in die Augen.

»Gut, Schroeder, lassen Sie mich reinen Tisch machen. Vor allem anderen, ich habe nichts von dem Stoff in meinem Kofferraum gewusst. Dass da etwas faul war, darauf bin ich erst gekommen, als Bubu verschwunden war und Sie in meinem Büro auftauchten. Das hat mich misstrauisch gemacht meiner Frau gegenüber. Ich habe dann ihre persönlichen Sachen durchsucht und dabei mehrere Einheiten Crystal gefunden. Als ich sie zur Rede stellte, hat sie erst alles geleugnet. Doch ich habe nicht nachgelassen, bis sie zusammengebrochen ist. Sie hat zugegeben, das Dreckszeug seit Wochen zu nehmen. Kein Wunder, dass sie in letzter Zeit immer apathischer wurde. Sie gab natürlich mir die Schuld, ich sei zu wenig für sie da, und alles, was Männern immer vorgeworfen wird, wenn Frauen nicht mehr mit sich selber klar kommen.«

»Jaja, schon klar«, sagte ich. »Verstehe ich, Frauen sind eben doof. Und dann, bitte weiter.«

»Ich habe meine Frau am nächsten Tag zu unserem Doktor gebracht. Sie geht nächste Woche zum Entzug in eine Privatklinik. Davon weiß natürlich niemand etwas.«

»Natürlich.«

»Ich habe von ihr erfahren, dass sie das Zeug im kleinen Tabakladen in der Görnischen Gasse gekauft hat. Ich bin dann hin und hab den Typen unter Druck gesetzt, bis er mir gestanden hat, dass er von Urban beliefert wird. Und da habe ich mich mit dem Kerl verabredet.«

»In der Nacht auf den Boselklippen. War das Ihre Idee?«

»Nein, das kam von ihm. Ich fand das auch etwas seltsam. Ich hatte auch Angst, dass er mir etwas antun wollte.«

»Und was haben Sie dagegen unternommen?«

»Nun, ich, ich bin….«, er zögerte sichtlich nach Worten ringend.

»Ich bin schon um einundzwanzig Uhr hingefahren, habe mich in dem Kräutergarten versteckt.«

»Bewaffnet oder unbewaffnet.«

»Ich hatte einen Baseballschläger von meinem Sohn dabei.«

»Aha.«

»Ich hatte Angst, das habe ich doch gesagt«, versuchte er sich zu erklären.

»Wie ging es weiter?«

»Der Typ kam dann, war pünktlich. Hat sich eine Zigarette angezündet und ist auf den Klippen rumgeklettert. Ich habe mich von hinten an ihn herangeschlichen. Ich weiß auch nicht, ob ich auf einen Ast getreten bin. Es gab jedenfalls ein knackendes Geräusch, der Typ wirbelt erschrocken zu mir rum. Dabei rutscht er aus, wedelt mit den Armen und weg ist er. Abgestürzt.«

Es trat eine Pause ein. Wir alle hielten für einen Moment den Atem an. Dann fragte ich:

»Und dann?«

Overstolz wischte sich mit der Hand müde über sein Gesicht. Das Geschehen hier hatte einen völlig anderen Verlauf genommen, als er es geplant hatte. Das strengte ihn sehr an, das war nicht zu übersehen.

»Dann«, fuhr er fort, »bin ich zu meinem Auto gelaufen. Es hatte angefangen zu regnen, ziemlich stark. Es donnerte auch, blitzte, ich wollte so schnell wie möglich weg. Aber dann habe ich es mir anders überlegt. Ich bin nach Sörnewitz gefahren, habe geparkt und bin dann zu Fuß an die Absturzstelle gelaufen. Da lag er. Sah ziemlich schlimm aus. Die Knochen, alles verrenkt und verdreht. Aber das Schwein hat noch gelebt. Er hat mich erkannt und mich frech angegrinst. Da ist mir die Sicherung durch. Ich habe so lange auf ihn eingeschlagen, bis er sich nicht mehr rührte. Danach bin ich nach Hause. Geduscht, meine Sachen in die Waschmaschine gesteckt. Den Baseballschläger habe ich am nächsten Tag kleingesägt und verheizt.«

Sonnemann schüttelte den Kopf.

»Gab es denn keine Spuren?«, fragte er zu mir gewandt.

»Soweit ich weiß nicht. Es hatte ja die ganze Nacht durchgehend wie aus Eimern gegossen. Der Regen hat alles weggeschwemmt, womit die Spurensicherung etwas hätte anfangen können.«

»Und die Autopsie? Die müssen doch festgestellt haben, dass Urban erschlagen wurde.«

»Keine Ahnung. Da muss ich mal beim LKA anrufen. Von sich aus melden die sich nicht bei mir.«

Sonnemann schlug sich auf die Knie, bevor er sich erhob.

»Das machen Sie mal. Bis zum Schluss, mein lieber Karl-Heinz, war die ganze Geschichte peinlich und skandalös. Doch am Ende hast du wenigstens einen Totschlag daraus gemacht. Das ist ganz schöner Mist. Ich hatte gehofft, dich aus der Geschichte raushalten zu können und damit erheblichen Schaden von Meißen und Meißens Image abzuwenden. Aber so?«

Er hatte natürlich recht. Andererseits konnte ich mir gut vorstellen, dass es den Kameraden vom LKA durchaus recht sein würde, dass Urban freiwillig, aus Schande oder was weiß ich, vom Felsen gehopst war. Ich war sogar ziemlich sicher, dass die Untersuchung eingestellt werden würde, wenn erst einmal Urbans Rechner in den Händen von Gläser und Co. gelandet wäre.

Ich bat um eine kleine Pause und telefonierte draußen mit Gläser. Es kam so, wie ich es mir gedacht hatte. Die Obduktion hatte ergeben, dass er nicht an den Folgen des Sturzes gestorben war, sondern durch mehrere kräftige Schläge mit einem stumpfen Gegenstand.

»Und?«, fragte ich. »Habt ihr irgendeinen Verdacht?«

»Nee«, brummte Gläser. »Keine Spur. Haben Sie was für mich?«

»Könnte sein.«

»Wie? Könnte sein.«

»Ich denke, Urban hat euch verarscht.«

»Hm«, machte Gläser.

Pause.

»Er hat mit Crystal gedealt, im großen Stil.«

»Hm.«

»Und ihr habt nix gemerkt.«

»Hm, hm.«

»In ein paar Tagen bekommen Sie die Beweise. Sie können sich schon mal überlegen, wie Sie sich dankbar zeigen möchten.«

Gläser legte auf, wobei er irgendetwas murmelte, was nach »Blödmann« klang.

Ich war mir jetzt hundertprozentig sicher, dass er die Untersuchung in Sachen Urban sofort einstellen würde, wenn er erst einmal in den Laptop gesehen hätte.

Zurück in Sonnemanns Büro, berichtete ich von meinem Telefonat inklusive meiner Einschätzung.

»Gut, sehr gut«, meinte Sonnemann. »Dann können wir ja verfahren wie heute Morgen besprochen.«

»Mit anderen Worten, dieser überaus sympathische Mensch hier kommt ungeschoren davon?«, fragte ich und deutete auf Overstolz.

»Tja, das ist ja Teil unserer Abmachung.«

»Schade, ich hätte Sie so gern stürzen sehen, Overstolz. Aber vielleicht läutert das ja Ihre Seele. Und, welch Wunder wird geschehen, Sie setzen sich in Zukunft mehr für Kultur, Bildung, Gesundheit, Sport ein, für alles, wofür Sie bislang so gar keinen Sinn hatten. Das wär doch mal was«, und ich haute ihm aufmunternd auf den Rücken. Ich glaubte natürlich selber nicht an das, was ich da gerade gesagt hatte. Doch man kann nie wissen.

Sonnemann brachte mich zur Haustür. Bevor wir uns voneinander verabschiedeten, steckte er mir einen DIN A3 Umschlag zu.

»Dreißigtausend«, sagte er. »Wie besprochen. Machen Sie Ihre Sache gut, und passen Sie auf sich auf. Urban war ja nicht allein.«

Ich bedankte mich bei ihm.

Nein, allein war Götz Urban mit Sicherheit nicht gewesen.

Ich war auf alles gefasst.

26

Ich hatte den Laptop und meine Anweisungen verabredungsgemäß in Dresden an Annemarie übergeben. Sie hatte sich die Blätter mit meinen Instruktionen sorgfältig durchgelesen, sie zusammengefaltet und in ihrer Jackentasche verschwinden lassen. Einer sehr modischen, auf Taille geschnittenen Jacke mit breitem Kragen und Lederknöpfen. Eine Filzjacke, wahrscheinlich stand im Kragen irgendetwas wie Versace oder Gucci.

»Und«, fragte ich. »Wie sieht es aus?«

»Gut. Gib mir vier Tage, also bis Montag, und du kriegst, was du haben willst. Hast du denn auch den Schotter mit?«

Ich schob ihr einen prall gefüllten Briefumschlag über den Tisch, der gleichfalls in der schicken Jacke verschwand, ohne dass sie einen Blick hineingeworfen hätte. Ohne gegenseitiges Vertrauen waren in dieser Szene keine Geschäfte zu machen.

»Ich geb einen aus«, sagte Annemarie, und wir bestellten beide einen halben Liter Bier. Hier gab es Einsiedler Helles, ein lecker schmeckendes, würziges Bier. Ich nahm einen tiefen Schluck, wischte mir den Schaum von der Oberlippe und schaute rundum zufrieden in die Welt. Annemaries große, dunkle Augen lächelten mich an. Sie konnte dir ohne jede Scheu mitten ins Gesicht schauen und dabei eine solche Portion Wärme über dich ausgießen, dass dir ganz weich in den Knien wurde. Ich musste an Hana denken und verspürte einen leichten Schmerz in der Bauchgegend.

»Is was?«, fragte Annemarie, wobei sie die Augenbrauen zum Zeichen ihrer Neugier nach oben zog.

»Ach nix«, wich ich aus.

»Lüg nicht«, sagte sie.

Ich hatte keinen großen Bock darauf, sie in meine Liebesgeschichte einzuweihen, daher sagte ich:

»Hast schon recht, es ist was, aber ich will nicht drüber sprechen, okay?«.

»Unglücklich verliebt?«, fragte Annemarie.

Sie hatte mich durchschaut, kluges Mädchen. Ich fuhr mir mit der Hand über das Gesicht und sagte:

»Unglücklich.«

»Keine Liebe mehr?«

Ich schüttelte den Kopf.

»Wenn du drüber sprechen willst, jederzeit«, sagte sie.

»Danke, jetzt nicht.«

»Später, okay. Ich bin für dich da. Alles wird gut«, sagte sie und drückte meine Hand.

»Alles wird gut«, wiederholte ich zur Bestätigung.

»Ich muss los«, sagte sie, stand auf, küsste mich auf die Wange und weg war sie.

Bei mir zu Hause blinkte das rote Lämpchen an meinem Anrufbeantworter. Ich drückte auf den Playknopf und dann erklang Hanas Stimme.

»Hallo, mein Liebster. Ich habe eine Überraschung, wie versprochen. Und hier kommt sie. Ich muss am Montag nach Leipzig, und da dachte ich, dass wir beide schon am Samstag dorthin fahren. Ich habe uns eine Suite im Hotel *Fürstenhof* gemietet. Wir gehen shoppen und in den Zoo oder in ein Museum oder was du dir wünschst. Abends essen wir im Restaurant des Fünf-Sterne-Hotels, im *Villers*. Ich komme mit dem Zug aus Prag, bin um 10.45 Uhr in Dresden auf dem Hauptbahnhof. Um 11.19 Uhr fahren wir weiter. Wir sitzen im Wagen 7, Platz 21 und 22, Erster Klasse. Dein Ticket habe ich hier in der Hand. Ich freue mich so auf dich. Ich liebe dich, ich küsse dich. Ich kann es kaum erwarten. Bis bald.«

Ich goss mir erst einmal einen schottischen Whisky ein, Talisker von der Insel Skye, mit dem typischen Torfaroma. Nachdenklich nahm ich einen Schluck, ließ das edle Getränk im Mund kreisen, ehe ich es in den Magen gleiten ließ. Die angenehme Wärme breitete sich in meinem ganzen Körper aus, ehe die Wirkung im Kopf ankam. Herrlich.

Leipzig. Das hatte ich nicht erwartet. Leipzig. Fremdes Gebiet. Showdown. Na dann.

Ich packte meine Reisetasche und legte mich schlafen.

27

Der Zug fuhr pünktlich ab. Wir hatten uns auf dem Bahnsteig getroffen, umarmt und geküsst, waren dann Hand in Hand in Wagen Sieben zu unseren Plätzen gegangen. Ich hatte vorgesorgt und zwei kleine Champagner Krug samt Gläsern aus Plastik besorgt. Plastebecher und Champagner hat ja keinen Stil, aber heute Morgen war mir das egal. Hana sah bezaubernd aus. Ihr lockiges Haar schmiegte sich kunstvoll um ihr makellos geschnittenes Gesicht mit den großen blauen Augen, die mich verliebt anlächelten, als wir unsere Gläser erhoben, uns zuprosteten und einen Schluck nahmen. Sie hatte heute ein zweiteiliges Wollkostüm mit kurzem schwarzen Rock und weinroter, tailliert geschnittener Jacke an. Darunter trug sie einen schwarzen Mohairpullover mit Rollkragen. Ihre perfekt geformten Beine steckten in einer schwarzen Strumpfhose und die Füße in einem Paar individuell geschnittener Lederschuhe, die mit einer Lasche geschlossen wurden. Ich tippte auf Cydwoq oder Trippen.

Ich hatte mich, dem Anlass entsprechend, für eine Kombination aus dunkelbrauner Breitcordhose, braunrot-kariertem Baumwollhemd, curryfarbenem Cardigan und einer Harris-Tweed-Jacke entschieden, dazu trug ich hellbraune Desertboots aus Wildleder.

Hana kuschelte sich fest an mich, als sie mir ins Ohr flüsterte: »Steffen, weißt du, wie sehr ich dich liebe?«

»Nicht so ganz«, versuchte ich zu scherzen.

Sie gab mir einen liebevollen Knuff in die Seite. Dann küsste sie mein linkes Ohr und knabberte am Ohrläppchen herum, dass mir ganz anders wurde. Als sie dann noch ihre Hand an meinem Oberschenkel emporgleiten ließ, wurde es ganz eng.

»Aufhören«, sagte ich, und meine Stimme hörte sich ziemlich rau an.

»So sehr liebe ich dich«, hauchte sie. »Dass ich es hier jetzt sofort mit dir machen will.«

»Du weißt, dass das nicht geht.«

»Ich weiß«, hauchte sie enttäuscht, strich mir sanft über meinen reichlich harten Schniedelwurz und gab mir einen Zungenkuss erster Güte.

Während ich sie sanft an mich zog, fragte ich mich, wie sie es wohl anstellen würde. Gift? Wohl kaum, aber Vorsicht ist die Mutter aller Dinge.

Wir lösten uns voneinander. Sie sah mir noch intensiver in die Augen, und ihr Blick war leicht verschleiert. Dann ergriff sie meine Hand, drückte sie ganz fest.

»Versprichst du mir etwas?«, fragte sie.

»Alles, was du willst.«

»Versprich mir, mich nie zu belügen«, sagte sie.

»Aber Schatz, das weißt du doch. Eine Lüge wäre doch der Anfang vom Ende. Und wir stehen doch erst am Anfang.«

»Willst du mein Mann werden?« Die Frage kam recht überraschend.

»Dein Mann? Du meinst, heiraten?«

»Ja, warum denn nicht. Herr und Frau Mirka, wäre das nicht irre?«

»Magst du Schroeder nicht?«, fragte ich.

»Schon, aber ich möchte weiter so heißen, wie ich heiße. Du kannst ja auch Mirka-Schroeder heißen, klingt doch gut, oder?«

»Klingt ganz toll«, bestätigte ich.

»Diese Reise ist mein Verlobungsgeschenk an dich«, sagte sie, und ihre Augen fingen an zu strahlen. Dann nahm sie mein Gesicht zwischen beide Handflächen und sagte mit ernster Miene:

»Du bist das Wichtigste in meinem Leben.«

Dann gab sie mir einen Kuss, und die Stimme aus den Lautsprechern sagte etwas von »Nächster Halt Riesa«, und dann kam die Schaffnerin.

Der Zug fuhr am Ende mit sieben Minuten Verspätung in dem Hauptbahnhof Leipzig ein. Auf die Deutsche Bahn war in Sachen Pünktlichkeit Verlass.

Wie nicht anders zu erwarten, hatte Hana jede Menge Gepäck bei sich. Ich besorgte also einen Buggy, dann kurvten wir mit den drei Koffern und zwei Reisetaschen zum Südausgang und enterten ein Taxi.

Das Fünf-Sterne-Hotel *Fürstenhof* lag am Tröndlinring 8, nicht allzu weit vom Bahnhof entfernt.

Hana hatte uns die Executive Suite mit allem, was das Herz jener begehrt, die sich die Morgenzigarette mit einem Hunderteuroschein anzünden, reservieren lassen.

Um ihr eine Freude zu machen, trug ich mich bei der Anmeldung als Steffen Mirka in das Meldeformular ein. Wie üblich wurde das Vorzeigen eines Ausweises hier nicht verlangt.

Dafür war man viel zu fein. Und wer sich 890 Euro pro Nacht ohne Frühstück leisten konnte, war entweder ein Nobelmann oder hatte Dreck am Stecken oder beides. Darauf kam es im Hotel *Fürstenhof* nun wirklich nicht an. Wir fuhren mit dem Lift in den vierten Stock. Die Suite bestand aus einem großen Raum mit abgetrenntem Badezimmer aus weißem und grünen Marmor und einem weitläufigen Balkon mit Blick über die Stadt. Der Boden war mit dem gängigen »teures Hotel«-Teppichbelag ausgelegt, die Tapeten in weißgrauen Farbtönen, dazu rote und blaue Möbel mit edlem Holzgestell, überall weiße Rosen in weißen Vasen, an der Wand ein Bild mit einem modernen Kunstdruck in Schwarzweiß, kurz, hier war alles bis zum Letzten durchgestylt. Auf einem runden Beistelltisch warteten zwei Gläser mit Champagner auf uns. Die Decken auf dem Doppelbett waren einladend aufgeklappt.

Der Diener schleppte die drei Koffer in eines der beiden Schlafzimmer, stellte unsere zwei Reisetaschen neben die Tür, ich gab ihm ein ordentliches Trinkgeld, und er machte einen ordentlichen Diener, dann ging er ab.

Ich nahm Hana in den Arm, und sie presste sich fest an mich.

»Zeit für erotische Momente?«, flüsterte sie.

»Unbedingt«, flüsterte ich zurück.

Später nahmen wir eine ausgiebige Dusche. Danach hatte Hana den dringenden Wunsch, shoppen zu gehen. Mir stand der Sinn nicht danach. In einer modernen Beziehung bedeutet das ja nun kein Problem, zumal es zu vermuten war, dass wir beide gern zwei Stündchen für uns allein unterwegs sein wollten. Es war mittlerweile sechzehn Uhr. Also verabredeten wir uns gegen achtzehn Uhr an der Hotelbar.

Hana hauchte mir einen Kuss auf die Stirn, spähte aus dem Fenster, schnappte sich Damentasche und Barbourmantel und ließ mich allein.

Ich trat ans Fenster und beobachtete sie, wie sie aus dem Hotel trat, ein Taxi herbeiwinkte, einstieg und in Richtung Thomaskirche davonfuhr.

Ich öffnete meine Reisetasche. Der Schließfachschlüssel in der Innentasche war verschwunden. Miststück, dachte ich und war irgendwie doch traurig. Bis eben hatte ich immer noch gehofft, dass sich mein Verdacht als Unsinn herausstellen würde. Nun denn. Es war so, wie es war. Hana war ein professionelles Miststück erster Güte. Es war zu vermuten, dass hinter den beiden Angriffen in Meißen der Herr Urban gesteckt hatte. Das waren keine wirklichen Profis, keine Typen, die Andrea oder mir das Wasser reichen konnten. Die Kollegen in Tschechien waren da schon ein ganz anderes Kaliber. Und der Schnauzbartheini, der mich so offen verfolgt hatte, hatte dies ja bereits von Hanas Wohnung aus getan. Wahrscheinlich wusste er von ihr, wo ich war. Oder noch schlimmer. Sie war seine Auftraggeberin.

Wie viel Schlange darf in einer Frau sein?

Seltsam, in der umfangreichen Foto- und Videosammlung von Götz Urban tauchte sie nicht einmal auf. Nastasia Petrowna hatte sie als ihre Beste, als ihre High-Class-Dame bezeichnet. Ich mochte das alles mittlerweile nicht mehr glauben. Ich kam immer mehr zu der Überzeugung, dass Hana die Fäden in der Hand hielt. Ich war gespannt, wie es in Leipzig weitergehen würde. Wobei ich mir sicher war, dass mein Ableben ein Teil des Reiseprogramms war. Nur wann und wie? Und außerdem hatte ich meine eigenen Pläne. In denen kam mein Tod nicht vor.

Ich verließ das Hotel und lief zu Fuß ein paar Straßen zurück in Richtung Hauptbahnhof und dann in der Halleschen Straße zum Hotel *Marriott*. Ich hatte dort bereits von Zuhause aus ein Zimmer bestellt und checkte nun ein, allerdings mit meinem richtigen Namen. Ich gab auch brav meinen Pass ab, obwohl es offenbar nicht vorgeschrieben war. Besser ist besser, dachte ich. Macht mal schön Eure Kopie davon, dann ist der Beweis meiner Anwesenheit nicht anzuzweifeln.

Das Zimmer war nicht gerade mit der Suite im *Fürstenhof* zu vergleichen. Aber es war auch schön und auch teuer. Ich besuchte die Bar, in der ich mir ein hübsches Plätzchen suchte und bei mehreren Bierchen diverse Telefonate führte.

Zuerst rief ich bei Annemarie an, um zu fragen, wie weit sie mit Urbans Laptop gekommen war. Sie teilte mir mit, dass sie die Festplatte komplett kopiert habe und die Daten auf einem sicheren Server lägen, zu dem nur sie und später ich Zugang bekämen. Die, wie sie es nannte, Schönheitsoperationen würde sie bis morgen Abend durchgeführt haben. Ich verabredete mich mit ihr auf Dienstag um elf Uhr.

»Vergieß die Kohle nicht«, sagte sie. »Und Küsschen.«

Dann legte sie auf.

Mein Bier war leer, der Ober brachte mir ein neues. Sehr aufmerksam.

Als nächstes rief ich bei Gläser an, der sauer war, dass ich ihn am Sonntagabend störte.

»Keine Panik, Gläser«, beruhigte ich ihn. »Tatort fängt erst in einer Stunde an.«

»Zu witzig, Schroeder. Was wollen Sie?«, blaffte er zurück.

»Ihnen ein Geschenk machen.«

»Was für ein Geschenk?«

»Alles, was ihr so sehnsüchtig herbeisehnt, um mal in Sachen Drogenbekämpfung einen Schritt voranzukommen.«

»Was soll denn die Angeberei, Schroeder, sagen Sie, was Sie wollen, und dann lassen Sie mich in Ruhe, ja!«

Ich erzählte ihm von Urbans Laptop. Er war nicht begeistert. Tja, ist ja auch nicht so prickelnd, wenn man einen Undercoveragenten einschleust, der aber in Wirklichkeit selber der Bösewicht ist und einen über Jahre zum Narren hält.

»Ist das alles beweisfähig, was Sie da behaupten?«

Ich wurde langsam etwas sauer.

»Gläser, zwischen uns fing doch alles so gut an. Nun versauen Sie unser gutes Verhältnis nicht. Ich schenke Ihnen den Rechner. Was Sie damit anstellen, geht mich dann nichts mehr an. Ich will auch später kein Bundesverdienstkreuz oder sonst was. Ich halte mich nur an unsere Vereinbarung.«

Am anderen Ende der Leitung grunzte Gläser irgendetwas wie »schon gut«.

»Na dann, Dienstagabend, zwanzig Uhr beim Griechen in Meißen«, sagte ich fröhlich.

»Wieso erst Dienstag?«, fragte er zurück.

»Weil ich noch in Leipzig bin.«

»Leipzig, was treiben Sie denn da?«

»Hochzeitsreise«, flötete ich.

»Hä? Hochzeitsreise?«

»Bingo«, sagte ich und beendete das Gespräch.

Ein Blick auf die Uhr verriet mir, dass ich bis zu meinem Treffen mit Hana noch Zeit hatte. Also bestellte ich mir noch ein Bier. Ich überlegte, ob ich Andrea jetzt schon anrufen sollte. Ich entschied mich dagegen. Dienstag war früh genug.

Anschließend wanderte ich gemütlich durch die einsetzende Abenddämmerung und ließ den typischen Duft eines warmen Herbstabends in vollen Zügen durch meine Geruchsnerven bis tief in meine Seele dringen. Gerüche, Düfte, auch Gestank sind etwas Wunderbares. Sie bleiben dir in Erinnerung. Jeder Mensch duftet verschieden. Jede Stadt hat ihren eigenen Geruch. Paris duftet nach Parfums, nach dem Qualm schweren Tabaks, nach Pastis und Frühling. New York duftet nach Asphalt, Auspuffgasen, Schweiß und Erfolg. London duftet nach London, schwer zu beschreiben. Diese Mischung aus einer Prise Seeluft, die herüberweht vom Atlantik, dem vielen Regen, dem Multikultigemenge aus indischer, pakistanischer, arabischer, chinesischer und anderer Küche. Ein wenig Pfeifentabak, Druckerschwärze, Schuhwichse, ach, was weiß ich noch alles. London duftet nach Anderswo, wo du immer schon mal hin wolltest. Und nie gewesen bist. Leipzig duftet seit der Wende nach nichts mehr. Davor hatte es diesen DDR-Großstadtduft aus den Abgasen tausender Trabbis und abertausender Braunkohleöfen. Alles wegvereinigt.

Nun war es doch schon später, als ich dachte. Ich beeilte mich, erreichte im Trab das Hotel *Fürstenhof*. Ich machte mich noch schnell frisch, dann begab ich mich in die *Vinothek 1770*, in der man aus hundert Weinen seinen Liebling wählen kann.

Hana war noch nicht da. Ich nahm Platz und bestellte mir ein Glas Krug Grand Cuvée.

Es dauerte noch eine ganze Weile, genau genommen beinahe eine Stunde, bis Hana frohgelaunt in die Bar einschwebte. Sie fiel mir um den Hals und verabreichte mir einen süßen Kuss. Dann entschuldigte sie sich für ihre Verspätung. Es sei ja so toll gewesen, sie habe gar nicht aufhören können zu schauen und natürlich zu kaufen. Vier große Tüten hatte sie bei sich, drei seidene Blusen, zwei Schals, ein gehäkeltes Dreieckstuch. Außerdem Parfum, und ein blaues Hemd für mich, wo mir blau doch so gut stehe. Dann musste das alles ja auch noch auf unser Zimmer gebracht werden. Es sei eben ein bisschen später geworden.

Böse war ich nicht, nur hungrig. Also hakte ich sie unter und wir gingen eng aneinandergeschmiegt in das Restaurant *Villers*, in dem ein Tisch auf uns wartete.

Wir bestellten uns eine Flasche Sancerre Grand Resérve, mein absoluter Liebling unter den Loire-Weinen. Was das Essen anbelangte, so entschieden wir uns für Taubenbrust und Rotwurst mit Stachelbeere, Gewürzstreusel, Bittermandel und Lakritze als Vorspeise. Zum Hauptgang nahm ich ein Kalbsmedaillon Version »Stroganoff« mit Rote Bete und Waldpilzstrudel, Hana nahm die Meeräsche mit Kräutercrêpe und Tomatensud. Auf die Nachspeise verzichteten wir zugunsten einer Flasche Krug. Wir genossen ohne viele Worte.

Wir waren gesättigt, und eine stille Zufriedenheit breitete sich aus. Wir schauten uns in die Augen, hielten uns an den Händen und tranken genussvoll den prickelnden Champagner. Danach zahlte ich die Rechnung. Draußen war es dunkel.

»Komm, Liebster«, sagte Hana und hakte sich bei mir ein. »Lass uns einen Spaziergang machen. Es ist ein so schöner Abend.«

Wir bestiegen eines der vor der Tür wartenden Taxis und Hana sagte: »Zum Johannapark, Paul-Gerhardt-Weg.«

Der Johannapark mit dem angrenzenden Clara-Zetkin-Park ist eine der vielen grünen Lungen mitten in Leipzig. Die alten Ahornbäume und Büsche ragten mächtig in den Nachthimmel. Wir schlenderten die Parkwege entlang in Richtung Musikpavillon. Von da nahmen wir einen von den mächtigen Kronen vieler

Bäume überschatteten Weg, der uns zum Glashaus führen sollte. Plötzlich blieb Hana stehen und wies mit der Hand auf eine große, alleinstehende Weide, deren Äste den Boden berührten.

»Komm mit!«, rief sie. »Siehst du da? Eine Weide, das ist mein Lieblingsbaum, komm.«

Sie rannte los und zog mich hinter sich her, das Blätterwerk teilte sie mit einer Hand und dann standen wir unter einem geschlossenen Dach wie in einer Hütte im Urwald.

»Ist das nicht wunderschön?« Ihr Gesicht strahlte. Dann umschlang sie mich mit ihren Armen und küsste mich. Ihr Atem wurde immer heftiger, als sie mir die Hose öffnete und mit der Hand hineinglitt.

»Liebe mich, Schatz, jetzt. Ich brauche dich«, flüsterte sie in mein Ohr. Ich tat uns den Gefallen.

Danach gingen wir Hand in Hand schweigend in Richtung Hotel. Nach ein paar Schritten blieb Hana stehen und sagte erschrocken.

»Ich habe mein Armband verloren. Mist. Ich sehe gleich mal nach.«

Sie drehte sich gerade in Richtung Weide um, als ich den Jogger sah. Er trug einen dunklen Trainingsanzug mit einer Kapuzenjacke. Sein Gesicht war nicht zu sehen. Knapp zwanzig Schritte entfernt kam seine Rechte mit der Waffe nach oben, und er schoss sofort. Schon als ich die Bewegung wahrnahm, warf ich mich in einem großen Satz in die Büsche am Wegesrand. Ich hörte das böse Fauchen des Schalldämpfers, zweimal, kurz hintereinander, in das sich ein Pistolenknall mischte. Ich schlug hart auf dem Boden auf, rollte mich noch ein paar Meter beiseite. Aus den Augenwinkeln sah ich, wie der Jogger plötzlich stehenblieb, als wäre er gegen eine Wand gelaufen. Die Schusshand sackte nach unten. Dann brach er in die Knie und fiel das Gesicht nach vorn der Länge nach auf den Kiesweg.

Ein paar Meter von ihm entfernt lag Hana auf dem Rücken. Ich lief zu ihr und beugte mich hinab. Auf ihrer Bluse breitete sich ein roter Fleck mit großer Schnelligkeit aus. Neben ihrer rechten Hand lag eine Derringer. Ihre großen blauen Augen sahen mich mit tiefer Traurigkeit an.

»Mensch, Hana«, sagte ich. »Du wolltest mir wirklich in den Rücken schießen?«

Sie nickte schwach. Eine Träne lief über ihre Wange.

»So schade«, hauchte sie, dann brachen ihre Augen.

Hana, Hana, dachte ich kopfschüttelnd. Das hätte doch nicht sein müssen.

Ich durchsuchte ihre Manteltaschen, fand meinen Schließfachschlüssel. Sonst waren sie leer. Ihre Handtasche nahm ich an mich. Ich verwischte meine Spuren im Kies und machte mich auf dem schnellsten Wege über die Wiesen in Richtung Hotel davon.

In unserer Suite packte ich meine Reisetasche und die von Hana und verließ das Hotel *Fürstenhof* ungesehen durch den Diensteingang. Ich lief zum *Marriott*. Dort leerte ich Hanas Reisetasche auf dem Bett. Neben ihren Anziehsachen kamen eine Brieftasche und ein Schlüsselbund mit sechs Sicherheitsschlüsseln und einem kleinen Tresorschlüssel zum Vorschein.

In der Brieftasche fand ich ihren Reisepass. Ich klappte ihn auf und sah in ihr schönes Gesicht mit den großen blauen Augen. Darunter standen ihr Name und eine Adresse in Prag. Der Pass war auf den Namen Anastasia Petrowna ausgestellt.

Ich packte alle Sachen zusammen, suchte im Internet die erste Zugverbindung nach Prag. Dann legte ich mich ins Bett und knipste das Licht aus.

Ende einer Hochzeitsreise.

28

Ich erreichte Prag am nächsten Morgen gegen 11.30 Uhr. Hanas Reisetasche hatte ich vor meiner Abreise in einem der Hotelcontainer des *Marriott* entsorgt.

Ein Taxi brachte mich zu der Adresse aus ihrem Reisepass. Es handelte sich um ein modernes Hochhaus, in dem sie die Wohnung im obersten Stock bewohnte. Der dritte Schlüssel passte.

Die Einrichtung war teuer und geschmackvoll. Wie in ihrem Büro in der Altstadt dominierten die Farben Weiß und Schwarz. Ledermöbel, eine teure Einbauküche, ein großes Schlafzimmer mit großem Doppelbett, an den Wänden hingen moderne Gemälde, Originale, wie es schien, die mir gefielen und die ich mir nie im Leben hätte leisten können.

In dem Schlafzimmer, neben dem Bett, hing ein Ölgemälde von August Macke, Menschen im Park, farbenfroh, ein Bild voller Lebensfreude. Dahinter fand ich den Tresor. Der Schlüssel passte.

Darinnen lagen eine Schatulle mit teurem Schmuck, diverse Uhren, Bargeld in verschiedenen Währungen, mehrere Pässe unterschiedlicher Nationalitäten und ein Laptop. Letzteren nahm ich heraus und verschloss den Tresor wieder sorgfältig.

In einem Abstellraum fand ich verschiedene Samsonite-Koffer, von denen ich mir einen auswählte. Ich packte den Laptop und meine Reisetasche hinein. Ganz nach oben legte ich das Bild von Macke. Ein Andenken an Hana musste schon sein.

Ich verließ die Wohnung und marschierte die Straße hinab, bis ich einen Taxistand fand.

Ich stieg in das erste Taxi ein und fragte den Fahrer, was mich die Fahrt nach Meißen in Deutschland kosten würde. Er nannte seinen Preis, und ich drückte ihm Bargeld in die Hand. Hocherfreut fuhr der Mann los und ließ Prag und meine Erinnerungen hinter uns.

Es war einer der letzten Tage im September. Die Sonne schien. Was hätte das für ein schöner Tag sein können.

Wir erreichten Meißen nach gut zwei Stunden Fahrt. Ich gab dem Fahrer noch ein anständiges Trinkgeld, dann ging ich in meine Wohnung. Zuerst telefonierte ich mit Annemarie. Morgen wäre sie mit dem Laptop fertig, sagte sie. Wir verabredeten uns zum Mittagessen. Danach rief ich Gläser an. Wir würden uns nach dem Treffen mit Annemarie sehen. Zuletzt informierte ich Sonnemann.

Zum Essen zu gehen war es zu spät. Ich hatte auch keinen richtigen Hunger. Also wanderte ich die Burgstraße hinunter über den Marktplatz bis hin zum Weinsegler. Dort ließ ich mich gepflegt volllaufen. Alkohol verändert nicht die Realität, aber er hilft beim zwischenzeitlichen Vergessen.

29

Ich hatte mir zwei Spiegeleier mit Bacon, zwei frische Brötchen von der Bäckerei Dißner und einen starken Kaffee zum Frühstück gemacht. Nachdem ich gefrühstückt hatte, rief ich Andrea an.

»Ja«, meldete sich mein Freund.

»Schroeder hier.«

»Schön, dass du noch lebst.«

»Du weißt doch, mich bringt so schnell keiner um.«

»Was willst du mitten in der Nacht?«

Anscheinend hatte ich Andrea aus dem Schlaf geholt. Jedenfalls hielt sich seine Laune in Grenzen.

»Machen wir es kurz, damit du weiterschlafen kannst, mein Lieber«, sagte ich. »Du kannst Pavel einen schönen Gruß von mir bestellen. Und folgende Nachrichten: Anastasia Petrowna ist tot. Und, ich habe den Laptop von Götz Urban. Den übergebe ich heute um fünfzehn Uhr an das LKA. Macht was draus.«

»Arschloch«, sagte Andrea.

»Selber«, antwortete ich.

Dann beendete ich das Gespräch.

Ich traf Annemarie Wiener in einem Döner in der Alaunstraße. Sie hatte bereits bestellt und hockte hinter einer großen Dönerplatte mit Pommes Frites und Reis und Salat und allem Drum und Dran. Daneben stand eine Flasche Beck's.

»Schmeckt super«, begrüßte sie mich mit vollem Mund.

»Schön. Dein Stil lässt zu wünschen übrig, schöne Frau«, meinte ich.

»Heute ist mein Döner-Tag, da gehört das hier alles exakt zu meinem Stil, ob du es magst oder nicht. Setz dich.«

Ich folgte ihrer Einladung und bestellte mir das gleiche wie sie. Mit der linken Hand fingerte Annemarie in einer Plastiktüte herum, während sie sich mit der anderen Hand eine volle Gabel Döner in den Mund schob.

»Hier«, sagte sie. »Fertig, wie bestellt.«

Sie stellte mir den Laptop vor die Nase. Dann holte sie mit der Rechten weiter essend zwei Festplatten aus der Tüte, die sie neben den Laptop stellte.

»Alles kopiert, wie gewünscht.«

Ich bedankte mich und zog im Gegenzug Hanas Laptop aus meiner Aktentasche.

»Neuer Job, der hier muss geknackt werden. Was kostet mich das?«

»Wie letztes Mal.«

»Wenn wir hier ordentlich geschlemmt haben, brauche ich noch mal deine Hilfe. Ich brauche eine absolut sichere Verbindung, um eine Bankanweisung zu machen. Eine, die kein Schwein rückverfolgen kann. Geht das?«

»Klar«, sagte Annemarie. »Müssen aber in mein Office. Kostet dich noch einen Tausender.«

»Du wirst auch immer teurer«, meinte ich.

»Dafür bin ich auch die Beste, mein Herzilein.«

Meine Dönerplatte und mein Bier kamen. Wir aßen schweigend. Es gab ja auch nichts mehr zu sagen.

Als wir fertig waren, bezahlte ich, und wir gingen zu Fuß die paar Straßen weiter zu Annemaries »Office«. Genau genommen handelte es sich um eine Zweizimmerwohnung in dem Hinterhaus eines Altbaus. Hier herrschte ein unglaubliches Chaos. Beide Zimmer waren vollgepackt mit Rechnern, Bildschirmen, Bierkästen und jeder Menge Klamotten, die wild durcheinander lagen. In der Küchenzeile regierten Berge schmutzigen Geschirrs, ein Bett war nicht gemacht, Disketten, Bücher und noch mehr Klamotten lagen darauf.

»Ist das deine Wohnung?«, fragte ich sie. Annemarie stemmte ihre Fäuste in die Hüften, sah mir frech in die Augen und sagte:

»Steffen, für so blöd hätte ich dich nicht gehalten. Und du willst Detektiv sein? Sehe ich so aus, als ob ich in so einem Loch hauste?«

Ich schüttelte den Kopf.

»Eben«, sagte sie. »Das hier ist die Behausung von Jörg, meinem Partner in Sachen Cyberworld. Ein totaler Chaot, aber ein Genie am Rechner. Mach einfach die Augen zu, dann siehst du den Müll nicht mehr, und konzentriere dich auf meine Wenigkeit.«

Sie drückte einen Zentralschalter und augenblicklich fuhren alle Rechner hoch. Annemarie hockte sich vor einen Bildschirm. Dann jagten ihre Finger über die Tastatur. Am Ende erschien auf dem Bildschirm ein absolut neutrales Fenster mit einem Überweisungsfenster.

»So. Da hast du, was du willst. Du gibst wie bei einer stinknormalen Online-Überweisung die IBAN und den BIC ein, drückst auf OKAY und ab geht die Luzy.«

»Ich muss einen Zugangscode für das Konto eingeben.«

»Jaja, der Rechner wird dir schon sagen, was du tun musst.«

»Und dann?«

»Dann geht die Kohle von deinem Konto auf ein Konto auf den Cayman-Inseln, teilt sich dort in diverse Einzelüberweisungen in die Dom Rep, von da geht es in die Schweiz und, ach, ist ja für dich eigentlich nicht wichtig. Am Ende landet die Kohle auf dem Empfängerkonto, und kein Schwein kann das alles nachverfolgen, vertrau mir einfach. Ich gucke mir in der Zwischenzeit mal den neuen Laptop an. Bedien dich.«

Sie machte eine einladende Geste, und ich setzte mich vor den Rechner.

Ich gab die Bankdaten von Urbans Konto auf Gibraltar ein. Dann erschien ein Fenster, in das ich den Zugangscode eintippte. Danach erhielt ich eine Information über den Kontostand. Ich entschied mich dafür, die Hälfte des Guthabens abzuheben und auf das Konto einer Stiftung anzuweisen, die sich um die medizinische Betreuung und den Entzug von Suchtkranken kümmerte.

Ich bestätigte die Überweisung und der Rechner fing an zu rotieren. In unglaublicher Schnelle rasten Zahlenkombinationen über den Bildschirm. Am Ende erschien die Meldung: »Überweisung erfolgreich abgeschlossen«. Ich war zufrieden. Irgendetwas Gutes musste man ja schließlich mit dem Drecksgeld von Urban anfangen. Mit dem Rest, der auf dem Konto verblieben war, sollte sich das LKA amüsieren. Die Kohle würde mit Sicherheit in der Staatskasse verschwinden. Wem das helfen sollte?

»Ich bin fertig«, rief ich.

»Ich auch«, antwortete Annemarie. Sie drückte mir Hanas Laptop in die Hand.

»War einfach. Macht alles zusammen dreitausend.«

Sagte es und hielt die Hand auf. Ich gab ihr den müden Rest von Sonnemanns Geld und bedankte mich.

»Vielleicht lade ich dich ja mal zu mir nach Hause ein«, hauchte sie mir ins Ohr. Dabei drückte sie sich leicht an mich. Ich spürte ihre festen Brüste. Doch da war sie schon wieder weg.

»Vielleicht,« lächelte sie.

»Würde mich freuen«, stammelte ich.

»Darauf kannst du wetten«, sagte sie. Wir verabschiedeten uns mit einem festen Handschlag.

Ich machte mich auf meinen Weg zum Treffen mit Gläser.

Gläser hockte in denselben Klamotten wie bei unserem ersten Treffen an der Theke und trank ein durchsichtiges Getränk.

»Gin Tonic?«, fragte ich zur Begrüßung.

»Gin«, antwortete Gläser trocken.

Ich bestellte mir ein Bier. Es kam sofort. Wie ein ordentliches Pils gezapft wird, war in Sachsen offenbar nicht bekannt. Egal. Ich nahm einen tiefen Zug.

»Und? Was haben Sie für mich, Schroeder?«, fragte Gläser.

Ich stellte Urbans Laptop neben sein Bier.

»Hier«, sagte ich. »Urbans Laptop voller interessanter Informationen.«

»Aha«, knurrte Gläser. »Wie lange haben Sie das Ding schon?«

»Unwichtig. Musste das Ding erst mal knacken. Ich wollte ja auch gern wissen, was drauf ist.«

»Und das soll ich Ihnen glauben?«

»Das können Sie halten, wie Sie wollen, Gläser. Aber ich finde, dass Sie sich freuen sollten, jede Menge Informationen zu bekommen, die Sie dringend nötig haben. Schließlich war es Ihr Mann, der Sie an der Nase herumgeführt hat.«

»Wenn Sie es sagen.«

»Sie werden es sehen, wenn Sie den Inhalt des Rechners geprüft haben. Seien Sie einfach ein kleines bisschen dankbar, Gläser, und zahlen mein Bier. Und Tschüss«, sagte ich, leerte mein Bier und ließ Gläser allein an der Bar zurück.

30

Einen Monat nach den hier geschilderten Ereignissen saß ich mit Andrea an unserem Stammtisch im *Amalfi*. In der Zwischenzeit war viel Wasser die Elbe hinuntergelaufen. Meißen hatte sein Weinfest gehabt und wieder einmal überstanden, ohne an Alkoholvergiftung verstorben zu sein. Das LKA hatte kräftig hingelangt. Alle kleinen und mittelgroßen Dealer in Dresden und drumherum wurden hochgenommen, die Vertriebswege gekappt, Crystal im Marktwert von 1,7 Millionen Euro sichergestellt. Gläser und sein Team wurden für ihre konsequente kriminalistische Arbeit mit Lob überhäuft. Der Fall Urban verschwand als Freitod in den Akten. Der Oberbürgermeister von Meißen blieb ein unbescholtener Mann, der sich rührend um seine drogenkranke Ehegattin kümmerte. Die anderen prominenten geilen Böcke hatten brav eine eidesstattliche Unterlassungserklärung unterzeichnet und gingen jetzt wohl in Dresden in den Puff.

Nur die Hintermänner des Drogengeschäfts und die Produktionsstätten in Tschechien blieben unauffindbar. So ein Ärger aber auch.

Ich hatte es nicht fertiggebracht, einen Blick in Hanas Laptop zu werfen. Im Grunde genommen konnte mir der Inhalt egal sein. Hana hatte ein unschönes Spiel mit mir gespielt, ich war darauf reingefallen. Am Ende hatten wir beide dafür bezahlt. Ich mit einem gebrochenen Herzen, sie mit dem Tod. Da war mein Schicksal einfach das bessere. Ich packte also den Laptop, die Festplatte mit der Kopie der Daten von Urban und mein gebrochenes Herz in ein Schließfach meiner Bank. Irgendwann einmal würde vielleicht die Zeit kommen, wo mir diese Dinge hilfreich sein könnten. Bis auf das gebrochene Herz, das konnte mich mal.

Der Indian Summer hatte sich auch verabschiedet. Dafür kam der Goldene Oktober um die Ecke. Die Blätter an den Bäumen strahlten zum Teil schon in goldroten Tönen. Und es roch an allen Ecken nach Scholle, Erntedank und Winter.

In den Supermärkten standen die ersten Schokoladenweihnachtsmannregimenter, und es gab schon Christstollen.

Da es ein Monat mit »r« war, gab es frische Muscheln. Davon hatten wir beide je eine Portion vertilgt, dazu eine Flasche genau richtig gekühlten Pinot Grigio der feineren Sorte. Als Hauptgericht bekam Andrea Saltimbocca und ich, wie sooft, Pasta mit vier verschiedenen Käsesorten. Es schmeckte ausgezeichnet.

Gerade hob Andrea sein Glas zum Toast, wir stießen an und tranken genüsslich, dann sagte er:

»Eh ich es vergesse. Ich soll dir einen Gruß von Pavel ausrichten.«

»Wie schön.«

»Er ist nicht gut auf dich zu sprechen.«

»Wie unschön.«

»Er ist sauer, weil du den Laptop an das LKA weitergereicht hast und so einige schön gewachsene Strukturen zerstört wurden.«

»Das bricht mir das Herz.«

»Andererseits verzichtet er darauf, dich umzulegen.«

»Das ist aber nett von ihm.«

»Nun ja, zum einen meint er, dass es kostspielig und nicht einfach wäre, dich zu erledigen. Andererseits schätzt er es, dass du mir eine Vorwarnung hast zukommen lassen.«

»Ach ja?«

»Mich interessiert schon, warum du das überhaupt gemacht hast.«

»Andrea, du kennst mich doch. Angenommen, Pavel würde verhaftet, ja? Dann kommt ein anderer Pavel, einer, den ich nicht kenne. Da bleibe ich lieber bei dem Pavel, den ich kenne.«

»Er hat sich auch gewundert, dass es so gar keine Konsequenzen für euren Oberbürgermeister gegeben hat. Der war doch mit Sicherheit auch auf dem Laptop.«

»War er das? Gottes Wege sind unergründlich.«
»Ebenso wie deine.«
»Du sagst es.«
»Na dann. Nehmen wir noch eine Flasche?«
»Mit Sicherheit.«
Ich bestellte, wir schenkten uns ein, Andrea erhob sein Glas.
»Auf die Freundschaft.«
»Auf die Freundschaft, Salute.

31

Ich saß in meinem Büro und hatte die Füße auf das Fensterbrett gelegt. Vor meinem Fenster wurde es deutlich Herbst. Es regnete kräftig, der Wind wirbelte Blätter durch die Luft, der Himmel war stahlgrau, die Sonne auf Mallorca. Wer hat an solchen Tagen schon Lust auf Arbeit? Ich gehörte jedenfalls nicht zu dieser Spezies Mensch. Außerdem hatte ich zurzeit auch keinen Auftrag. Um nicht in Trübsal zu verfallen, ging ich in Gedanken meine verflossenen Frauen durch, erinnerte mich an ihre körperlichen und geistigen Vorzüge, an ihre Neigungen und Fähigkeiten. Ich hatte mir beim Lidl meine Lieblingsflorentiner gekauft, die ich mit Vergnügen verputzte. Dazu trank ich einen großen Becher frisch aufgebrühten Cappuccino. Ich war soeben bei Angelika angekommen, als ich hinter mir hörte, wie die Tür geöffnet wurde.

Ich zog Angelika blitzschnell wieder an, drehte mich vom Fenster weg und war nicht wenig erstaunt, als ich meinen Besucher erkannte. Es handelte sich um Oberbürgermeister Overstolz, der da ziemlich durchgeregnet in mein Büro triefte.

In der einen Hand hielt er eine Plastiktüte, in der anderen den hässlichen Köter, der ein Regenmäntelchen trug und einen Gummisüdwester auf dem Kopf hatte.

Overstolz setzte das Hündchen auf einen Besucherstuhl und sagte:

»Entschuldigen Sie die Störung, Herr Schroeder. Darf ich Platz nehmen?«

»Sicher doch. Kaffee, Cappuccino, Latte?«

»Einfach Kaffee mit Milch, kein Zucker«, antwortete Overstolz und hängte seinen nassen Mantel an die Garderobe.

Ich goss Kaffee für Overstolz in die Besuchertasse. Dann setzte ich mich wieder. Das Hündchen schaute mich herausfordernd an und ließ die Zunge ein Stück aus dem Maul hängen.

»Womit kann ich Ihnen helfen?«, fragte ich meinen Besucher.

»Sehen Sie, ich habe mich noch gar nicht richtig bei Ihnen bedankt«, grummelte er und nippte an seinem heißen Kaffee.

»Wofür sollten Sie sich denn bedanken?«

»Na ja, also, Sie haben mich doch aus der Sache rausgehalten, dafür, und ohne Sie wäre mir das Problem meiner Frau doch auch nie aufgefallen.«

Ich war Detektiv und kein Seelenklempner. Also gingen mir die Ehekrisen und Probleme der Overstolzens ziemlich am verlängerten Rückgrat vorbei.

Overstolz jedenfalls fummelte in seiner Plastiktüte herum. Dann brachte er eine Flasche Talisker Whisky zum Vorschein, stellte sie auf den Schreibtisch und sagte:

»Für Sie, nichts für ungut.«

Talisker ist ein wirklich köstliches Getränk. Echter doppelt destillierter Malt in torfigem Wasser, das aus vierzehn verschiedenen Quellen der Insel Skye stammt. Der König der Getränke, so hat Robert Louis Stevenson den Talisker genannt. Und recht hatte er.

»Mein Dank. Wie geht es eigentlich Ihrer Frau?«

»Schon viel besser. Viel besser. Sie muss noch ein halbes Jahr in dem wirklich feinen Sanatorium bleiben, und dann ist sie wieder vollkommen gesund. Oh, jetzt muss ich aber gehen«, sagte er und warf einen Blick auf die Uhr an seinem Handgelenk. Er erhob sich, nahm den Mantel vom Haken.

»Wiedersehen, Schroeder. Und wenn Sie mal meine Hilfe benötigen, rufen Sie mich an.«

Er legte noch einen Briefumschlag auf den Tisch, dann war er verschwunden. Ich schüttelte den Kopf und schloss gerade Tür hinter ihm, als mir schlagartig klar wurde, dass der Herr Oberbürgermeister etwas in meinem Büro vergessen hatte.

Ich setzte mich auf meinen Stuhl und blickte an der Taliskerflasche vorbei in die frechen Augen des hässlichen Zwerghundes mir gegenüber. Dann schnappte ich mir den Briefumschlag und öffnete ihn. Darin fand ich eine Postkarte, auf der geschrieben stand:

»Lieber Herr Schroeder, bitte kümmern Sie sich um meine Lulu. Mein Mann kann es nicht. Und ich bin ja so krank. Mit freundlichen Grüßen, Ihre Hannelore Overstolz.«

Der Oberbürgermeister war wirklich ein abgefeimtes Arschloch.

Ich nahm die Whiskyflasche, entkorkte sie und gönnte mir einen tiefen Schluck direkt aus der Flasche. Der Hund starrte mich weiter unverwandt an und ließ die Zunge baumeln.

»Hör gut zu«, sagte ich zu ihm. »Entweder ich erschieße dich oder ich trete dich platt oder ich ...«

Ich gönnte mir einen weiteren Schluck. Das Hündchen hatte jetzt seine Zunge wieder eingefahren und den Kopf leicht nach links geneigt. Seine Augen blickten fragend.

Ach Scheiße, dachte ich. Sieht aus wie der süße Gremlin oder wie der niedliche Mort aus Madagaskar mit den riesengroßen Augen.

»Na dann«, knurrte ich. »Aber Lulu geht gar nicht. Komm mit, Godzilla«, sagte ich, griff mir die Taliskerflasche und ging zur Tür. Das Hündchen sprang von meinem Besucherstuhl und trottete brav an meiner Seite, mitsamt Regenmantel und Gummisüdwester.

Die in diesem Buch geschilderten Handlungen und Figuren sind frei erfunden. Ähnlichkeiten mit lebenden oder verstorbenen Personen sowie Tieren wären rein zufällig und sind nicht beabsichtigt.

MÖRDERISCHER OSTEN

Richard Grosse
Mordshochhaus
Ein Berlin-Krimi

592 Seiten, Broschur

ISBN 978-3-95958-014-4 | 14,99 €

1975, Ostberlin. In einem der bekanntesten Gebäude der DDR, im »Haus des Kindes« am Strausberger Platz, treibt ein Serienmörder sein Unwesen …
Richard Grosse legt mit *Mordshochhaus* ein atmosphärisch dichtes und raffiniert ausgeklügeltes Krimidebüt vor. Ein Großstadt-Krimi, der in einer Zeit spielt, als die Hauptstadt der DDR noch Berlin hieß und die Feinde klar definiert waren.

www.bild-und-heimat.de

BILD UND HEIMAT

MÖRDERISCHER OSTEN

Bettine Reichelt
Tendenz steigend
Ein Chemnitz-Krimi

144 Seiten, Broschur

ISBN 978-3-95958-018-2 | 9,99 €

In Chemnitz gießt es wie aus Kannen, der Regen hört scheinbar nie mehr auf, und die Flusspegel steigen von Stunde zu Stunde …
Vor dem Hintergrund verheerender Überflutungen entwirft Bettine Reichelt eine spannende, motivisch dichte und raffiniert komponierte Geschichte von Liebe, Eifersucht und Hass. Wer glaubt, in Chemitz gäbe es nur den Roten Turm und das berühmte Glockenspiel, wird in diesem fulminanten Krimidebüt eines Besseren belehrt.

www.bild-und-heimat.de

MÖRDERISCHER OSTEN

Peter Brauckmann
Liebesgrüße aus Meißen
Ein Sachsen-Krimi

192 Seiten, Broschur

ISBN 978-3-95958-019-9 | 9,99 €

Steffen Schroeder fristet sein Dasein als Privatdetektiv in Meißen – ruhige Kugel. Als aber über verschlungene Wege die Frau des Oberbürgermeisters zu seiner Klientin wird, stößt er zuerst auf eine Ladung Crystal Meth, dann auf dubiose Sexabenteuer ihres honorigen Gatten im nahen tschechischen Ústí, die augenscheinlich auch noch mit organisiertem Drogenschmuggel einhergehen …

www.bild-und-heimat.de

BILD UND HEIMAT

Spektakuläre Verbrechen aus der DDR

Frank-Rainer Schurich /

Remo Kroll

Die Tote von Wandlitz

und zwei weitere authentische Kriminalfälle aus der DDR

208 Seiten, Broschur

12,99 €

ISBN 978-3-95958-009-0

Sachbezogen und auf Basis der originalen Akten rekonstruieren die Autoren den Tathergang, analysieren die Ermittlungsansätze und lassen die Leser an der mitunter überraschenden Aufklärung teilhaben, die in zwei Fällen erst Jahre nach den Taten selbst erfolgte.

www.bild-und-heimat.de